GAME OF GOETIA

니콜로 장편소설

FUSION FANTASTIC STORY

마왕의 게임

마왕의 게임 6

니콜로 장편소설

초판 1쇄 찍은 날 § 2015년 12월 29일
초판 1쇄 펴낸 날 § 2016년 1월 5일

지은이 § 니콜로
펴낸이 § 서경석

편집책임 § 한준만

펴낸곳 § 도서출판 청어람
등록번호 § 제387-1999-000006호
등록일자 § 1999. 5. 31
어람번호 § 제1-2322호

주소 § 경기도 부천시 원미구 부일로 483번길 40 서경B/D 3F (우) 14640
전화 § 032-656-4452 팩스 § 032-656-4453
http://www.chungeoram.com
E-mail § chungeorambook@daum.net

ISBN 979-11-04-90578-0 04810
ISBN 979-11-04-90396-0 (세트)

니콜로 장편소설

FUSION FANTASTIC STORY

마왕의 게임

도서출판 청어람

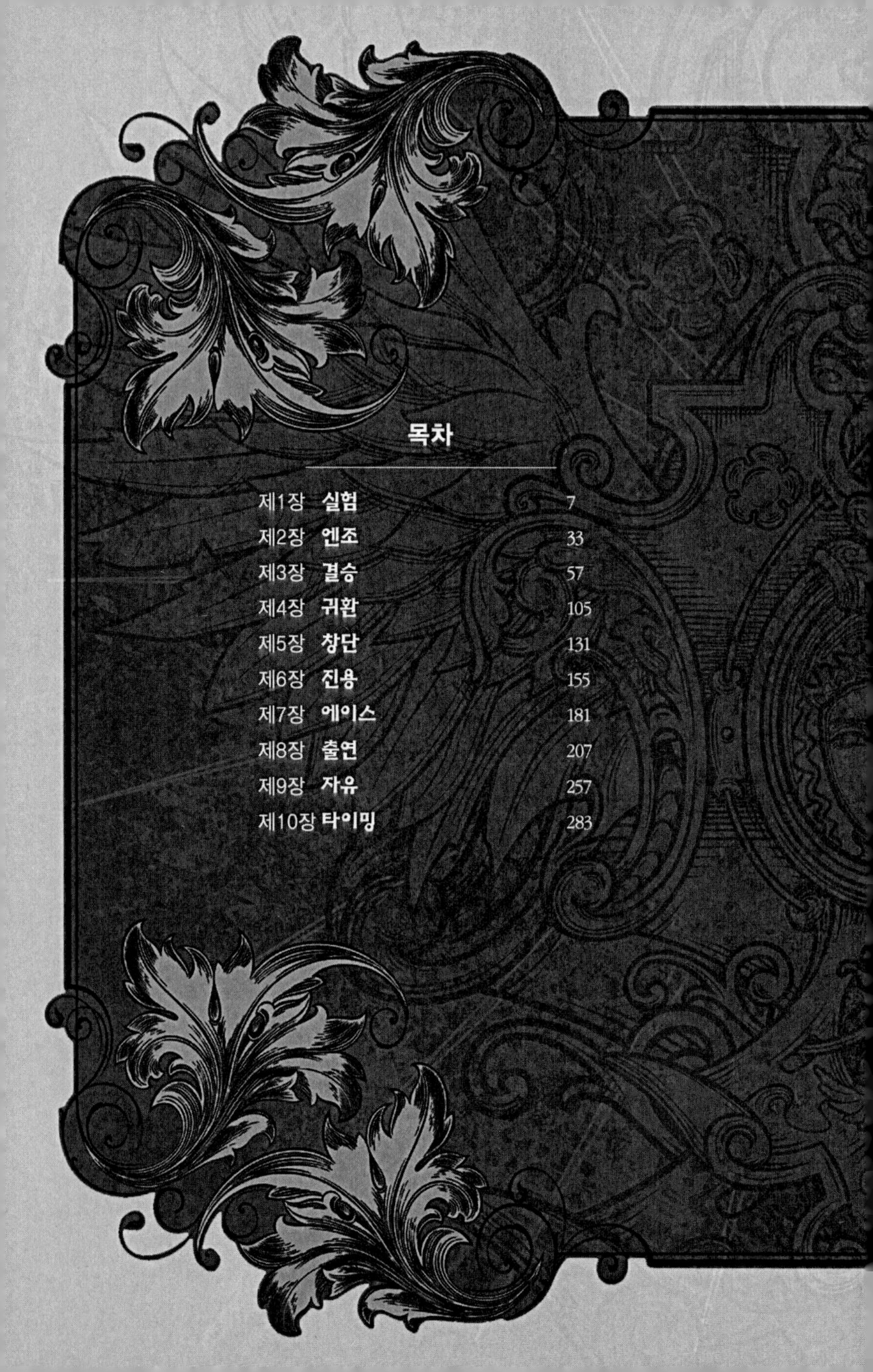

목차

제1장 실험 7
제2장 엔조 33
제3장 결승 57
제4장 귀환 105
제5장 창단 131
제6장 진용 155
제7장 에이스 181
제8장 출연 207
제9장 자유 257
제10장 타이밍 283

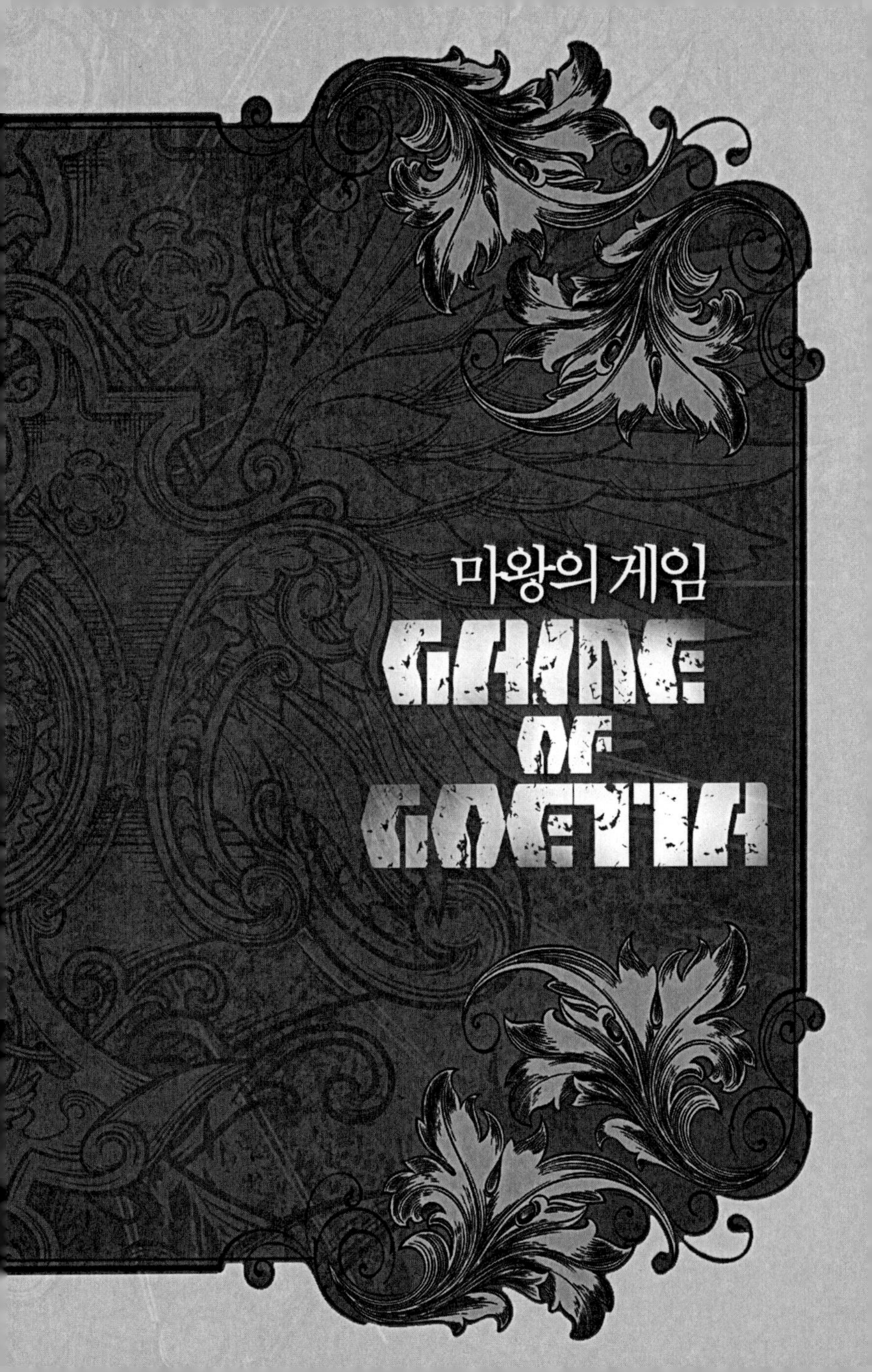
마왕의 게임
GAME
OF
GOETIA

제1장

실험

“네가 이신이냐?”

“그런데?”

즉시 튀어나온 짧은 대꾸에 칼리파의 눈살이 찌푸려졌다.

그레모리 군단 내에서 수위를 다투는 상급 악마 칼리파. 그는 그레모리 외의 누군가에게 하대를 받는 것에 익숙하지 않았다.

하지만 여태껏 악마군주들을 상대해 왔던지라, 딱히 칼리파에게 겁먹을 이신이 아니었다.

“명성은 많이 들었지. 그레모리 님을 위하여 서열전에서 승리한 것은 기특하게 생각한다.”

“……”

"하지만 나는 그대가 명성에 걸맞은, 그레모리 님의 계약자로서 충분한 실력을 가지고 있는지 확인할 필요성을 느낀다. 크게 민폐를 끼친 인간도 봤거든."

'마키아벨리 얘긴가.'

저명한 저술가이자 정치인이었던 니콜로 마키아벨리가 괜히 체질에 안 맞는 역할을 맡았다가 욕을 먹고 있었다.

전술론 등 군사저서도 많이 저술한 마키라벨리였지만, 사실 그쪽 방면의 식견은 그다지 인정받지 못하는 것이 중론이었다.

아무튼 자신의 실력을 검증하겠다고 나서는 상대는 오랜만이었다.

이신도 칼리파에게 흥미를 느꼈다.

"나와 서열전을 해보자고?"

"그렇다, 계약자."

"좋다."

그게 이런 연회보다 더 좋다.

칼리파는 그레모리를 바라보았다. 허락을 바라는 눈길이었다.

그레모리는 서열전이라는 말에 갑자기 생기가 도는 이신을 보며 웃음을 지었다.

"괜찮나요? 원한다면 좀 더 정신을 추스를 시간을 드리겠어요."

"정신은 이미 멀쩡합니다만, 한 가지 실험해 볼 게 있어서 연습 시간이 필요합니다."

"카이저가 원하니 그리 해야지요."

이신을 향한 그녀의 웃음과 사상함은 계속 칼리파의 질투를 자극하고 있었다.

이신은 칼리파에게 물었다.

"종족은?"

"엘프다."

이신은 고개를 끄덕였다.

"내일 오전에 붙지."

"흥, 마음대로."

자신에게 적대감을 보이는 칼리파의 태도였지만 이신은 대수롭지 않게 여겼다.

선수 생활을 하면서 자신을 싫어하는 상대를 한두 번 만나본 게 아니었으니까.

그날, 이신은 그레모리의 도움을 받아 전장으로 이동했다.

제1 전장에 도착한 이신은 곰곰이 생각을 해보았다.

이신이 염두에 두고 있는 것은 바로 자신의 치유 능력을 서열전에서 써먹는 일이었다.

그러기 위해서는 일단 사도 중 한 명에게 빙의 능력을 부여해야 했다.

'누구에게 부여하지?'

일단 가장 먼저 떠오르는 사람은 콜럼버스.

하지만 콜럼버스는 정찰을 목적으로 키운 사도였다.

그만큼 적진 내부를 돌아다니며 정찰하다가 죽기 쉬운 역할

이기도 했다.

하지만 장점도 있었다.

일단 가장 처음에 소환할 수 있는 노예이니만큼 일찍부터 빙의를 사용할 수 있다.

유사시에 콜럼버스에게 빙의해 치유 능력을 펼치면, 초반에 매우 약한 휴먼의 약점이 보완되는 셈이었다.

궁병은 약하지만 그 옆에서 자신이 치유를 해준다면 이야기가 달라지는 것.

게다가 콜럼버스에게는 이동 속도가 5% 상승하는 부츠도 있었다. 빠른 이동 속도로 적의 공격을 잘 피해 다닐 수 있으니 그 또한 장점이었다.

'빙의를 한 명에게만 부여할 수 있는 건 아니니니 상관없지.'

일단은 사도 명단부터 꺼내보았다.

크리스토퍼 콜럼버스(휴먼, 노예)
무기 : 없음
방어구 : 가죽 부츠(이동 속도 +5%)
능력 : 없음

질 드 레(휴먼, 기사)
무기 : 롱 소드(공격 속도 +5%)
방어구 : 칠흑갑주(방어력 +5%, 이동 속도 +2%)
능력 : 전군시야(아군 병력 및 건물이 닿는 곳을 전부 볼 수

있습니다.)

이존효(휴먼, 창병)

무기 : 혼천절(공격력 +7%)

방어구 : 용린갑(방어력 +5%)

능력 : 없음

'콜럼버스와 이존효에게 능력을 부여한다.'

[능력이 임의로 부여되며 2,000마력이 소모됩니다. 부여하시겠습니까?]

'부여한다.'

그러자 콜럼버스와 이존효에게 능력이 부여되었다. 두 사람에게 부여된 능력은 다음과 같았다.

크리스토퍼 콜럼버스(휴먼, 노예)

능력 : 빙의(사도의 육체를 직접 조종할 수 있습니다.)

이존효(휴먼, 창병)

능력 : 광기(주위 아군의 체력이 손상되고 공격력이 크게 강화됩니다.)

콜럼버스가 얻은 빙의 능력은 분명 이신이 의도했던 대로였다.

하지만 이존효의 능력을 보자 이신의 표정이 묘해졌다.

'각성제와 비슷한 효과인데?'

스페이스 크래프트에서 보병과 화염방사병이 흡입하는 각성제는 체력을 깎는 대신 이동 속도와 공격력을 크게 강화시켜 준다.

깎인 체력을 치유해 줄 의무병과 최고의 조합을 가진다.

이존효의 능력 광기는 바로 그 각성제와 비슷했다.

마계 서열전 시스템은 이존효에게 아주 적합한 능력을 부여해주었다.

마치 네게 원하던 게 이런 게 아니냐는 듯이 말이다.

"질 드 레."

"부르셨습니까?"

사도 질 드 레가 소환되었다.

이신이 말했다.

"실험해 볼 것이 있다. 내 연습 상대가 되어야겠다."

"알겠습니다."

그렇게 이신은 질 드 레와 모의전을 시작했다.

하루 종일 계속된 모의전에서 질 드 레는 단 한 번도 이신을 이기지 못했다. 아니, 갈수록 패배하는 속도가 빨라지니 질 드 레는 매우 놀란 눈치였다.

"계약자님께서는 휴먼의 전략 전술을 완성하신 것 같습니다."

이신은 고개를 저었다.

"아직 단점은 있어."

콜럼버스에게 빙의해서 치유 능력을 펼치는 실험은 대성공했다. 초반에 약하다는 휴먼의 단점이 보완되고도 남았다.

하지만 한계는 분명했다.

치유 능력을 펼치려면 마력이 소모된다.

바로 노예들이 채집하는 마력을 소모하는 것.

한마디로 스페이스 크래프트에서 의무병이 치유를 행할 때마다 자원이 깎인다고 보면 된다.

싸울 때마다 마력이 소모되므로 게임을 할 때처럼 어느 정도 피해를 입히고 물러설 수가 없다. 이쪽도 마력을 낭비하며 싸우는 만큼, 그 공격에서 반드시 끝장을 봐야 하는 것이다.

그렇지만 역시나 치유 능력은 지금까지의 이신의 서열전 스타일에 크나큰 혁신을 가져다주었다.

더 이상 시작부터 방어에 투자한 채로 불리한 출발을 하지 않아도 되었다.

'일단은 이 정도로 만족해야겠군.'

그렇게 이신은 실험에서 만족스러운 결과를 얻었다.

이제 상대 종족이 엘프일 때도 똑같이 통할지 실험해 볼 차례였다.

* * *

소문은 금세 퍼져 나갔다.

이미 연회장에서 모든 악마가 목격한 상태였다.

"칼리파 님과 계약자 이신 님이 겨룬다면서?"

"칼리파 님은 상급 악마가 되면서부터 지금까지 수없이 서열전을 치러왔잖아. 지금은 마력이 무려 5만이라던데."

"휘유, 최하급 악마군주급이군. 그런 칼리파 님이 질 것 같지는 않지만……."

"상대는 계약자 이신이란 말이지."

"이신."

"예전 계약자와는 전혀 딴판이라고."

"아무리 칼리파라 해도 어려울지도 몰라."

"하지만 또 모르지. 칼리파 님이 이기고서 그레모리 님의 계약자가 될 수도 있잖아?"

"그러고 보니 신기한 일이군. 왜 순수 악마 출신의 계약자는 없는 걸까?"

소문은 무럭무럭 자라나 급기야는,

"계약자님과 칼리파 님이 그레모리 님의 반려 자리를 놓고 대결을 펼치는 거라던데 사실인가요?"

시녀 세리시아가 호기심 가득한 눈으로 질문했다.

"반려?"

이신은 그게 뭔 개소리냐는 표정이 되었다.

"칼리파 님이 위대하신 그레모리 님께 연정을 품은 것은 이미 오래전부터 유명했거든요. 그레모리 님께 어울리는 반려가 되기 위하여 상급 악마가 되고부터 불철주야 노력해 지금에 이르렀죠."

세리시아는 신이 나서 떠들어댔다.

"그레모리 님께서 서열이 최하위까지 떨어지고서 처지가 안 좋았을 때만 해도 칼리파 님이 우리 군단의 화제의 중심이었어요. 그때도 거의 4만이 넘는 마력을 지니셨던 칼리파 님이 그레모리 님의 반려가 되면 악마군주의 지위를 지킬 수 있을 거라고 다들 그랬거든요."

"……."

"그런데 바로 계약자님이 나타난 거죠. 그리고 서열전을 했다 하면 승리를 거두셨죠. 호호, 칼리파 님으로서는 오랜 꿈에 거의 이르렀다가 놓쳐 버린 아까운 상황이죠. 그 원흉이 바로 계약자 이신 님이고요. 호호호!"

"지금의 마력량을 얻기까지 상당한 노력을 했겠군?"

"그럼요! 상급 악마들의 싸움은 그야말로 아귀다툼이에요. 서열 순서에 따른 규칙도 없으니 마구잡이로 싸움이 벌어지거든요. 도전 자격만 되면 누구든 서열전을 하자고 덤비는데 그만한 마력을 유지하는 일도 상당히 어렵거든요."

"그럼 서열전 경험이 나름대로 풍부하겠군."

그 말에 세리시아는 입술을 삐죽 내밀며 불만을 드러냈다.

이신은 그레모리의 반려 어쩌고 하는 치정 문제에 대해서는 전혀 관심을 보이지 않는 것이었다.

"계약자님은 그레모리 님께 관심이 전혀 없으세요?"

"별로."

"거짓말."

세리시아가 이신에게 가까이 얼굴을 들이밀며 쏘아붙였다.

"그레모리 님의 그 아름다움을 보고도 반하지 않는다는 건 완전히 거짓말이에요."

"확실히 아름답지."

그 점은 인정하는 이신이었다.

그레모리의 마성의 매력은 이신조차도 계속 마음이 흔들릴 정도였다.

하지만 그것은 다른 악마군주들이 제각기 다른 방식으로 압도적인 존재감을 내듯이, 그레모리의 악마군주로서의 존재감의 형태라고 생각했다.

악마군주의 존재감을 인간이 버틸 수 없듯이 말이다.

"그럼 좀 더 사랑을 쟁취하기 위해 경쟁심을 발휘해 보세요! 다들 얼마나 칼리파 님과 계약자님의 사랑 다툼에 관심이 많은 줄 아세요?"

평소에 시녀로 일하는 악마들이 뭘 하고 노는지 알게 해주는 모습이었다.

아무튼 연회 다음 날 아침, 날이 밝자마자 영지에서 편안하게 휴식을 취한 이신은 궁전으로 향했다.

칼리파도 함께 입궁했는데, 그레모리가 앉아 있는 황금 옥좌 앞에 이르기까지 두 사람은 한 번도 서로를 쳐다보지 않았다.

하지만 두 사람의 태도에는 큰 차이가 있었다.

칼리파는 다분히 이신을 의식하고 있었고, 이신은 칼리파를 의식하지 않는다는 점이었다.

이번 대결에 무수히 많은 감정을 이입하고 있는 칼리파.

하지만 이신에게는 그저 평범한 모의전 중 하나였다.

“왔구나.”

그레모리가 두 사람을 반겼다.

“위대하신 악마군주, 저의 주인이신 그레모리 님을 배알합니다!”

칼리파는 공손히 무릎을 꿇고 예를 갖췄다. 우렁찬 목소리에 남다른 각오가 느껴졌다.

이신은 고개를 살짝 숙여 보였을 뿐이고, 그레모리도 방긋 웃으며 고개를 끄덕여 보였다.

칼리파는 다시금 부글부글 끓어오르는 감정을 삭여야 했다.

“오늘은 약속대로 두 사람이 겨루는 날이다. 공평하게 실력을 겨루어 서로의 실력 향상에 도움이 되는 기회가 될 수 있기를 기원한다.”

“알겠습니다!”

“예.”

두 사람이 동시에 대답했다.

한편, 궁전의 대전에는 수많은 악마가 모여 있었다.

만월의 밤에 광기 어린 축제를 즐겼던 악마들이 모두 떠나지 않고 두 사람을 흥미진진하게 지켜보고 있었던 것이다.

그레모리는 그런 악마들을 슥 둘러보며 자애롭게 미소 지었다.

"다들 이 대결의 승패가 궁금하겠구나?"

"예!"

"당연히 궁금하죠!"

"궁금합니다!"

악마들이 왁자지껄하게 소리쳤다.

아우성치는 악마들을 보며 그레모리가 말했다.

"요즘은 내가 기분이 아주 좋구나. 그래서 특별히 모두를 전장으로 초대하마."

"우오오오!"

"꺄아악!"

"너무 좋아!"

악마들이 기뻐 날뛰었다.

이윽고 그레모리가 차원의 문을 열고 텔레포트를 실행했다.

그레모리와 이신, 칼리파, 그리고 모든 악마들이 일제히 전장으로 이동되었다.

* * *

제2 전장 블루레인.

그레모리, 이신, 칼리파는 물론 수많은 악마들이 모여들었다.

"여기가 전장이군!"

"서열진을 이런 곳에서 치렀구나."

상급 악마가 아니라서 전장에 와본 적이 없는 악마들은 신기한 표정으로 전장을 둘러보았다.

[서열전이 시작됩니다.]

[악마군주 그레모리 님의 계약자 이신 님과 악마군주 그레모리 님의 권속 상급 악마 칼리파 님께서 참전합니다.]

그렇게 두 사람의 대결이 시작되었다.

시작 시 주어진 노예 4명에게 일을 시켰다.

이어서 소환되는 노예도 모두 마력석 채집을 시키며 평범하게 시작한 이신.

하지만 8번째 노예가 소환되었을 때, 이신은 다른 명령을 내렸다.

"밖으로 나가라."

명령을 받은 노예는 본진에서 빠져나와 전장의 중앙 가까이에 이르렀다.

'거기에 병영을 지어라.'

전진 병영.

바로 치즈 러시를 위한 8병영 빌드였다.

이어서 9번째 노예도 중앙으로 보냈다. 그 노예 또한 병영을 건설하기 시작했다.

병영 2개를 전장 중심부에 나란히 짓는 결정.

이는 치즈 러시 한 방에 모든 것을 걸겠다는 뜻이었다.

지어진 두 개의 병영에서 궁병들이 소환되기 시작했다. 그러는 중에 이신은 노예 한 명에게 정찰을 시켰다.

어차피 제2 전장 블루레인의 시작 지점은 1시와 7시 두 군데뿐. 이신이 7시 지역이니 칼리파의 엘프 진영은 1시였다.

다만 칼리파가 어떤 전략으로 나올지를 미리 파악해 둘 필요가 있었다.

정찰에 동원된 노예는 콜럼버스가 아니었다.

콜럼버스는 빙의를 펼쳐야 하므로 정찰 보냈다가 죽으면 곤란했다. 콜럼버스도 이미 지난밤의 모의전으로 수차례 경험해 보았기 때문에 의문을 제기하지 않았다.

정찰 보낸 노예가 칼리파의 1시 진영에 도착했다.

칼리파는 앞마당에 '생명의 나무'를 짓고 있었다.

'확장 기지를 빨리 가져가는군. 그럼 아직 병력은 없다.'

일찍 앞마당에 확장 기지를 펼쳐 놓고 일찌감치 풍부한 마력을 모으겠다는 의도.

어찌 보면 경험이 많은 칼리파가 충분히 취할 수 있는 선택이었다.

상대는 나약한 휴먼이었다.

출입구를 봉쇄해 놓고 방어에 치중하는 것이 휴먼의 당연한 초반 전략 형태였다. 조악한 활을 가진 궁병과 나약한 노예들을 동원해서 공격에 나설 거라고 누가 짐작하겠는가?

'계산이 나왔다.'

승리할 수 있다는 확신이 섰다.

궁병 3명이 소환되었을 때, 이신은 공격에 나섰다.
궁병 3명. 그리고 노예 6명.
사실상 뒤가 없는 승부수였다.
이신의 병력이 칼리파의 앞마당에 들이닥쳤다.
노예 1명이 앞마당에 건설 중인 생명의 나무 옆에 참호를 건설하기 시작했다.

*　　　*　　　*

'저게 뭐지?!'
칼리파는 기겁을 했다.
모의전이 시작된 지 얼마 되지도 않았다. 벌써 저런 대규모 병력이 몰려올 수가 없었다.
하물며 상대는 그 휴먼이 아닌가!
'음?'
칼리파는 이신이 이끌고 온 병력 구성을 보고 이상하다 여겼다.
궁병 3명, 노예 6명.
"하핫! 이제 보니 꼼수였구나."
칼리파는 웃음을 터뜨렸다.
그냥 요행히 승리를 바라는 이신의 저 행태라니.
확실히 참호가 완성되고 그 안에 궁병들이 들어가면 위험할 테지만, 그걸 가만히 지켜볼 칼리파가 아니었다.

"어린 엘프 10명! 나가 싸워라!"

칼리파가 명령을 내렸다.

마력을 채집하던 어린 엘프 10명이 일제히 앞마당으로 뛰쳐나가 싸우기 시작했다.

곧 있으면 엘프 슈터가 소환된다.

압도적인 장궁의 위력을 자랑하는 엘프 슈터가 나타나면 저깟 병력쯤은 식은 죽 먹기였다.

어린 엘프들은 그때까지 시간을 버는 역할이었다.

양측의 병력이 뒤엉켜 싸웠다.

어린 엘프들은 칼리파의 조종에 따라 참호를 건설하는 노예부터 공격했다.

"크윽!"

공격을 받은 노예는 건설을 중단하고 뒤로 물러났다.

대신 다른 노예가 참호 건설을 재개했다.

궁병 3명은 어린 엘프를 한 명씩 집중사격 했다.

'제법이구나.'

칼리파 또한 공격받은 어린 엘프를 뒤로 뺐다.

궁병 3명이 달아나는 어린 엘프를 뒤쫓았다. 화살 한두 대만 더 쏘면 숨통을 끊을 수 있기 때문이었다.

그 순간, 다른 어린 엘프들이 일제히 궁병들을 덮쳤다.

"뒤로!"

문득 한 노예가 소리쳤다.

궁병들은 마무리를 포기하고 물러났다.

"궁병들을 보호해라."

노예가 다시금 소리치자 다른 노예들이 궁병의 앞을 가로막았다.

그렇게 싸움이 계속되면서,

"아악!"

"으흑!"

죽는 어린 엘프들이 속출했다.

싸움이 그쯤 되자 칼리파는 이상함을 느꼈다.

'어째서 저놈들은 안 죽지?'

궁병이나 노예나 한 명도 죽지 않았다. 이쪽만 어린 엘프 3명이 목숨을 잃었다.

나름대로 정교하게 싸움을 지휘했던 칼리파였다.

이쪽이 못 싸운 건 아니었는데, 상대측은 한 명의 사상자도 없다.

이건 뭔가 이상했다.

칼리파는 유심히 상대측을 살폈다.

그리고 마침내 원흉을 깨달았다.

한 노예가 손을 뻗을 때마다 크게 부상당한 궁병의 상처가 치유되었다.

'그러고 보니 그 애송이 인간 놈이 얼마 전에 능력도 각성했다고 했지?'

답이 나왔다.

저 노예는 바로 빙의 능력을 습득한 이신의 사도. 즉 노예에 빙의된 이신이었다.

“저 노예 놈을 죽여야 한다!”

상황이 자신의 생각보다 심각하다는 것을 깨달은 칼리파는 즉각 조치했다.

앞마당에 짓고 있던 생명의 나무 건설을 취소해 버렸다.

어차피 앞마당은 못 지킨다. 취소를 해버려서 건설에 들어간 마력의 절반이라도 돌려받는 편이 나았다.

어린 엘프들은 출입구에 집결시켜서 적이 본진 안으로 들어오지 못하게 막았다.

“공격해라!”

“뚫어!”

추가 소환된 궁병 2명이 도착해 싸움에 합류했다.

궁병 5명은 집중사격으로 출입구를 지키는 어린 엘프들을 하나씩 처치했다.

쉬쉬쉬— 콰콱!!

“아악!”

약한 궁병도 5명이나 모이니 어린 엘프쯤은 원 샷 원 킬이었다.

어린 엘프들은 출입구를 포기하고 뒤로 도망쳤다. 그대로 싸워봐야 막지는 못하고 죽기만 할 뿐이었다.

이신의 병력이 본진에 들이닥쳤다.

때마침, 엘프 슈터가 소환되었다.

“반격!”

엘프 슈터 1명과 어린 엘프들이 모여서 반격에 나섰다.

궁병 5명과 노예 6명으로 구성된 이신의 병력이 덮쳤다.

칼리파는 아예 모든 어린 엘프를 총동원했다.

"궁병을 우선적으로 노려라!"

칼리파의 명령.

"엘프 슈터의 사거리 밖에서 어린 엘프들부터 노려라."

이신의 명령.

두 사람의 명령이 엇갈렸다.

희비도 교차했다.

엘프 슈터가 궁병들을 노렸지만, 궁병들은 이신의 명령대로 엘프 슈터에게 유효 사거리를 주지 않았다.

계속 엘프 슈터의 공격을 피해 물러서며 가까이에 있는 어린 엘프들부터 노렸다.

콰아악!

"아학!"

쉬쉬쉭— 콰지직!

"크흑!"

어린 엘프들이 줄줄이 죽었다.

'아차!'

칼리파는 충격을 받았다.

그제야 자신의 지휘 미스를 깨달았다.

그 긴박한 찰나의 시간에 칼리파는 실수를 했고, 이신은 아주 적합한 명령을 내렸다.

엘프 슈터는 궁병보다 사거리가 조금 더 길고 위력도 강했다. 뿐만 아니라 몸놀림도 날렵해 날아오는 화살을 피하는 데도 명수였다.

그래서 이신은 처음부터 엘프 슈터를 노리지 않았다. 대신 그 주위를 둘러싼 어린 엘프부터 없애 나갔다. 잔가지를 치듯이 말이다.

궁병이 다칠 때마다 치유까지 병행했으니, 궁병 중에는 사상자가 한 명도 없었다.

어린 엘프의 태반을 잃은 칼리파는 이신에게 형편없이 밀렸다.

부채꼴처럼 펼쳐진 이신의 병력이 엘프 슈터를 둘러쌌다.

"크윽!"

도망칠 곳이 없어진 엘프 슈터가 옆구리에 화살에 맞고 주저앉았다.

콰악!

"컥!"

또 다른 화살이 목에 맞자 즉사해 버린 엘프 슈터.

이어서 소환된 또 다른 엘프 슈터가 즉각 화살을 쏴서 궁병 1명을 사살했다. 하지만 다른 궁병 4명이 집중적으로 사격하여 엘프 슈터를 만신창이로 만들었다.

"……."

칼리파는 부들부들 떨었다.

이렇게 허망하게?

말도 안 된다.

자신은 아직 제대로 실력을 펼쳐 보지도 못했다.

깜짝 기습에 당했을 뿐이었다. 그것만 가지고 실력 차이를 인정할 수는 없었다.

칼리파는 패배를 인정하지 않았다.

그래서 모든 건물이 부서졌을 때에야 승부가 종료되었다.

[상급 악마 칼리파 님의 진영이 전멸했습니다. 계약자 이신 님의 승리입니다.]

[모의전이므로 마력과 서열의 변동은 없습니다.]

"칼리파."

그레모리가 나직이 불렀다.

엄격하지는 않지만, 섭섭함이 담겨 있는 질책의 목소리였다.

칼리파는 그녀의 앞에 무릎을 꿇었다.

"추태를 부려 죄송합니다, 그레모리 님."

"패배를 인정하니?"

"분명히 제가 졌습니다."

칼리파는 분기로 떨리는 목소리로 말을 이었다.

"하지만 제 실력이 그보다 아래라는 것은 인정할 수 없습니다."

"칼리파……."

"물론 제가 졌습니다. 하지만 자주 사용할 수 없는 깜짝 계략일 뿐이었습니다. 이렇게 패배를 선언하기에는 너무 원통합니다!"

칼리파는 타오르는 눈빛으로 그레모리를 바라보았다.

"제발, 저의 주인이시여! 전 그레모리 님 앞에서 그간 갈고 닦은 제 실력을 제대로 보이지도 못했습니다!"

"……."

"이렇게 창피한 모습만 보인 채 끝날 수는 없습니다! 그건 제게 너무나 가혹합니다!"

"휴우, 네 마음도 이해를 못 하는 건 아니란다."

그레모리는 곤란한 얼굴로 이신을 바라보았다.

"카이저는 어떻게 생각하시나요?"

"그렇게 당하면 누구나 저런 반응을 보입니다."

자신의 치즈 러시에 당해 피눈물을 흘린 선수가 어디 한둘이던가.

"칼리파와 다시 한 번 겨룰 생각이 있나요?"

"저는 상관없습니다. 다만……."

"다만?"

이신은 칼리파를 응시하며 말했다.

"방금 전의 모의전에서 저는 제가 이길 확률이 70% 정도라고 생각했습니다. 한 번도 이런 전략을 경험해 보지 못했을 것이 틀림없기 때문입니다."

"네, 카이저의 싸움을 늘 지켜봤던 저도 처음 보는 전략인걸요."

"지금 다시 싸운다면 전 아마 100% 이길 겁니다."

"뭐라고!"

칼리파가 벌떡 일어나 불같이 노했다.

하지만 이신은 도발이 아닌 진심이었다.

"이미 심리전에서 말린 상태로는 제 실력을 발휘하기가 더욱 어렵습니다. 다음을 기약하는 편이 좋을 겁니다."

"너야말로 준비한 깜짝 전략을 소모해서 이제 밑천이 없는 게 아니냐!"

칼리파가 소리쳤다.

"그렇게 생각한다면 덤벼라. 난 분명히 이긴다."

이신이 대꾸했다.

"질까 봐 무서운 게로구나!"

"선택은 네 몫이다."

이신의 눈빛은 흔들림이 없었다.

반지로부터 흘러나오는 기운이 칼리파의 기세로부터 보호했기 때문에 조금도 위축되지 않았다.

"어떻게 하겠니?"

그레모리가 물었다.

씩씩거리며 분노를 터뜨릴 것 같았던 칼리파. 그런데 그런 칼리파가 돌연 휙 하니 이신에게서 등을 돌렸다.

"저 계약자 이신은 허장성세가 아닌 진심으로 보입니다. 그리고 확실히 저는 지금 매우 흥분한 상태라 제 실력을 발휘 못할까 두렵습니다. 부디, 다음에 다시 겨룰 수 있는 기회를 주셨으면 합니다."

끝까지 노발대발할 것 같았던 칼리파는 뜻밖에도 순순히 인정했다.

모든 악마가 지켜보는 앞이라서 체면상 절대 안 물러날 줄 알았는데 뜻밖이었다.

그레모리는 웃으며 고개를 끄덕였다.

"알겠다. 원하면 언제든 서로 실력을 겨루도록 하여라. 나의 계약자는 늘 연습 상대를 필요로 하니 말이다."

그렇게 두 사람의 대결은 이신의 승리로 돌아갔다.

"두고 보자."

칼리파는 그렇게 한마디만 남기고는 떠나 버렸다.

그렇게 갑자기 펼쳐진 대결은 이신의 승리로 돌아갔다.

제2장

엔조

마계에서 돌아오니 레벨린 가문의 전용기 안이었다.

파리SCC의 초청을 받은 MBS.

MBS의 1군 선수들과 방진호 감독, 그리고 코치들은 파리행 비행기에 몸을 실었다.

하지만 이신과 주디는 레벨린 가문의 전용기를 타고 따로 출발했다.

MBS 소속 선수는 아니지만 함께 초대받은 존과 차이도 함께 가야 했기 때문이다.

레벨린 가문은 몸이 안 좋은 존을 위해 전용기를 내어주었고, 이신과 주디도 전용기를 타고 함께 파리로 향했다.

단체 생활과 조직의 단결을 위하여 다른 1군 선수들과 함께 이코노미 석으로 비행기를 탄다는 결정 따위는 이신의 머릿속에 없었다.

방진호 감독도 이미 포기 상태였기 때문에 이신과 주디를 따로 가도록 했다. 누구도 따로 행동하는 이신에게 불만을 갖지 않았다.

덕분에 이신과 제자들은 전용기에서 편하게 먹고 자며 게임을 즐겼다.

"또 졌어!"

존이 버럭 소리를 질렀다.

맞은편 PC에서 차이가 소리 없이 웃음을 지어 보일 뿐이었다.

'이젠 주디와 대결해도 승패를 장담 못 할 정도로군.'

이신은 차이의 엄청난 성장에 놀라움을 금치 못했다.

물론 이신이 매일같이 일대일로 가르친 것도 있었고, 다른 팀 선수들과 연결시켜 주어 연습게임을 치르게 한 것도 효과가 있었다.

하지만 이렇게 빨리 성장할 줄은 몰랐다.

아마추어이기 때문에 있을 수밖에 없는 빈틈들이 점점 사라져 가고 있었다.

프로들이 쓰는 컨트롤도 거의 다 손에 익었다.

누구보다도 이신과 가까이에서 배우다 보면 그의 화려한 플레이에 홀릴 법도 했지만, 차이는 그의 흉내를 내지 않고 자신의 스타일을 완성해 나갔다.

다만, 상황에 따라 유동적으로 일꾼 숫자를 조절하는 능력만 더 기른다면 완벽해질 터였다.

"오셨어요?"

차이가 인사했다.

이신은 고개를 끄덕이고는 존에게 비키라고 손짓했다.

존은 자리를 비켜주면서 투덜거렸다.

"빨리 저도 가르쳐 주세요. 계속 차이에게 지고 싶지 않아요."

"나중에."

PC 앞에 앉은 이신은 차이에게 말했다.

"피의 권좌. 방 만들어."

"네."

그리고 시작된 두 사람의 게임은 30분이 넘어가는 장기전이 되었다.

이신이 스텔스 전투기 편대를 끌고 나타나자, 이미 그걸 알고 있었던 차이는 기계보병 다수를 동원해 맞섰다.

스텔스 전투기와 기계보병의 대결은 정면 승부로는 말이 되지 않는 일이었다. 하지만 이신은 스텔스 모드를 펼치고 빠른 기동력으로 휘젓고 다녔다.

그 탓에 차이의 전선이 점점 균열이 갔다.

못 참겠는지 차이가 먼저 병력을 한곳에 집결했다. 돌파를 시도해 승부를 보겠다는 뜻이었다.

하지만 바로 그때, 이신은 기다렸다는 듯이 먼저 돌파를 시도했다.

차이의 병력이 한곳에 집결되어 있는 탓에 다른 방면의 전선이 허술해져 있었다.

'이런!'

이에 질세라 차이도 급히 공격을 시작했다.

양측의 주력 병력이 교차되어서 서로 상대의 진영을 공격하기 시작했다.

섬멸전.

서로의 진영을 쳐서 먼저 모든 건물이 파괴되는 쪽이 패하는 게임 양상이었다.

차이는 이신의 본진을 노렸다.

본진은 이미 모든 자원이 고갈된 상태였지만, 병력 생산의 근원지인 기갑 정거장 밀집 지역이었던 것이다.

하지만 이신은 차이의 자원 줄인 확장 기지 3곳을 동시에 들이쳤다.

그 차이는 확연했다.

이신은 본진이 습격당하자 기갑 정거장 건물을 띄워 이동시켰다.

그러고는 다른 지역에서 생산되고 있는 스텔스 전투기로 계속 치고 빠지며 차이의 총공세를 지연시켰다.

한편, 차이는 새로운 확장 기지를 모두 밀리자 자원 공급이 중단되어 버렸다.

더 이상 병력 생산이 안 되는데, 이신은 끝끝내 버텨내니 갈수록 승리에서 멀어졌다.

차이는 한숨을 쉬며 GG를 쳤다.

"와아!"

주디와 존이 박수를 쳤다.

명승부였다.

둘 다 빈틈이 없이 세력 다툼을 벌이다가 일합(一合)에 판가름이 나버렸다.

일반 관객들이 보았다면 크게 싸우는 것도 없이 지루한 결전이었겠지만, 프로게이머들이 보기에는 수많은 계산과 심리전이 들어간 승부였다.

"차이."

"네, 선생님."

"굳이 말 안 해도 알지?"

"네, 좀 더 참아야 했는데 섣불리 움직였어요."

"위급한 순간에도 승부를 보기 전에는 포석을 미리 깔아둬. 그렇지 않으면 그냥 발끈 러시야."

"명심할게요."

"그것만 빼면 잘했어."

발끈 러시란, 상대에게 피해를 입고 화가 나서 전 병력을 끌고 무작정 총공세를 펼치는 것을 뜻하는 은어였다.

프로들 사이에서는 단지 감정적인 문제뿐만이 아니었다.

상대에게 큰 데미지를 입은 나머지 어차피 승산이 없게 되었을 때, 울며 겨자 먹기로 최후의 승부수를 던져야 할 때가 있는 것이었다.

주로 이신의 견제 플레이에 생산 유닛이 학살당한 상대 선수가 그런 패턴을 보이곤 했다.

그냥 견제에 GG를 선언하기에는 맥없고 자존심 상하니, 크게 한 방 싸워보기라도 하겠다는 의미도 담겨 있었다.

아무튼 발끈 러시가 좋은 결과를 가져오는 경우는 거의 없었다.

"문제군."

이신이 나직이 중얼거렸다.

차이의 눈이 동그래졌다.

"제가 뭐 잘못했나요?"

"아니."

이신은 고개를 저었다.

"신지호는 너보다 더 빈틈이 없어. 오판도 좀처럼 하지 않고."

약점이 없고 디펜스가 강한 선수.

딱히 강력한 장점도 안 보여서 크게 위협적으로 느껴지지 않을 수도 있다.

하지만 그런 선수가 주 종족으로 인류를 잡았다면 이야기가 달라진다.

가만히 놔두면 후반에 가장 강력해지는 종족이 바로 인류였다.

신지호는 빈틈도 없고 디펜스가 강해 십중팔구는 장기전까지 이어졌다.

그리고 일단 그렇게 후반으로 끌려가면 좀처럼 안 진다.

장기전 머신이라 불리는 JKT의 신진 에이스 신태호의 업그레이드 버전이라고 할 수 있었다.

5판 3선승제의 다전제.

한 세트 한 세트가 전부 장기전이 된다면 피지컬 승부가 된다.

거기서 불리한 쪽은 단연 이신이었다.

'반지를 쓴다면 얘기가 달라지겠지만.'

이신은 자신의 오른손 검지에 꽂힌 반지를 바라보았다.

그레모리가 선물한 반지.

영지의 기운을 전달시켜 주는 매개체로, 잠깐의 휴식으로도 푹 쉰 것과 같은 효과를 준다.

반칙 같아서 아직까지 쓰지는 않았지만, 피지컬이 달리게 되면 사용할 것이다.

하지만 처음부터 이것에 의존하고 싶지는 않았다.

그렇게 고민을 하고 있을 때였다.

"선생님."

차이가 말을 걸었다.

"왜?"

"신족은 안 하세요?"

"……?"

차이는 조심스럽게 말했다.

"사실 선생님과 매일 연습을 하면서 느낀 게 있어요."

"뭔데?"

"선생님의 인류는 이제 해볼 만하다고 생각해요. 승패랑 상관없이 선생님의 스타일은 이미 교과서처럼 널리 알려졌으니까요."

"그렇겠지."

이신은 수긍했다.

확실히 차이와 연습 게임을 하면 지금과 같은 장기전이 자주 나왔다.

차이가 점점 이신의 견제를 디펜스하는 데 익숙해져서 빈틈이 사라졌기 때문이었다.

"그런데 선생님이 신족을 잡으시면 도저히 못 이기겠어요."

"인류보다 신족이 더 힘들다고?"

"네."

이신으로서는 의외였다.

물론 종족 상성상 신족이 인류를 이기긴 한다. 하지만 어디까지나 이신의 신족은 메인이 아닌 서브 종족이었다.

당연히 이벤트 매치 때 마이클 조셉을 흔드는 깜짝 전략으로 한 번 썼을 뿐, 그 이후로 신족을 공식 무대에서 플레이해 본 적이 없었다.

"어떤 점에서?"

"가장 강력한 건 거신병기 무빙이요. 무빙 당기면서 점사를 워낙 잘하셔서 페이크 더블을 못 하겠어요."

페이크 더블이란, 신족을 상대하는 인류의 가장 기본적인 빌드 오더였다.

앞마당에 확장 기지를 가져가는 것처럼 위장했다가, 병력을 이끌고 공격에 나서 끝내거나 앞마당부터 강력하게 압박해 조이기를 하는 전략이었다.

그때 공격에 나서는 병력 구성은 기동포탑 1기와 보병 약 6명. 그리고 뒤이어 지뢰 개발이 완료된 고속전차 1기가 충원되어서 지뢰를 심어 압박 라인을 보강한다.

이에 대항하는 신족의 전술은 2참회실에서 생산한 거신병기들로 막아내면서 시간을 버는 것.

그런데 여기서 이신의 컨트롤이 빛을 발한다는 것이 차이의 설명이었다.

"무빙 당기시면서 보병을 다 잡으시니까 전진을 못 하고, 지뢰도 일점사로 잘 제거하시니까요. 그리고 무엇보다도……."

차이는 웃으며 말을 이었다.

"마법유닛을 너무 잘 쓰세요. 그걸 잘 이용하면 신지호의 강력한 디펜스 라인도 손쉽게 부술 수 있지 않을까요? 디펜시브 지뢰 플레이처럼 말이에요."

이신은 곰곰이 생각해 보았다.

일리가 있는 말이었다. 그렇지 않아도 신족도 가끔씩은 꺼내 들 생각이 있었던 이신이었다.

그건 어디까지나 가끔씩 쓸 수 있는 깜짝 카드였지만 말이다.

하지만 인류 대 인류전으로 자신을 장기전까지 끌고 가게 만드는 차이의 의견이었다.

'내 인류보다 신족이 더 힘들다?'

그럴 듯했다.

확실히 차이는 이제 전처럼 이신과 겨룰 때 주눅 들지 않는다. 점점 자신감이 넘치는 모습이었다.

아직까지는 쉽사리 승리를 내주지 않지만, 때때로 차이에게 질 때도 있었다. 연습하다 보면 당연한 일이었다.

하지만 그런 차이가 신족이 상대하기 어렵다고 하니, 어쩌면 신지호 같은 인류 플레이어를 상대할 때는 신족이 더 좋은 해답이 될 수 있을지도 몰랐다.

'마법이라…….'

대사제의 전격과 환영.

아바타의 봉인과 소환.

사략기의 방해전파.

암흑 심문관의 세뇌와 혼란.

판세를 단번에 뒤집을 정도의 변수를 만들어내는 마법들이 신족에게는 풍부했다.

물론 마법을 사용하는 전투는 손이 매우 많이 가기 때문에 난이도가 극히 어려웠다.

전투 중에 유닛들 컨트롤하기도 바쁜데 그 와중에 마법까지 써야 하니 손발이 어지러워지는 것. 하지만 그런 손 많이 가고 까다로운 플레이를 귀신같이 잘하는 선수가 바로 이신이었다.

오죽하면 아무도 못 하는 디펜시브 지뢰 같은 플레이까지

하겠는가.

"한 번 해보자."

"네."

이신은 신족을 골라서 연습 게임을 시작했다. 존, 주디, 차이가 교대로 상대를 해주었다.

이신이 작심을 하고 신족을 플레이하자 양상이 전혀 달라졌다.

파치치치칙!

온 화면을 뒤덮는 전격 마법!

그와 동시에 광신도들이 미친 듯이 달려들었다.

퍼퍼퍼펑—

기동포탑들이 불꽃을 뿜었지만, 강력한 체력을 지닌 광신도들은 그 포화를 뚫고 들어와 붙었다.

엄청난 전격 마법 세례로 체력이 고갈되었던 기동포탑들이 광신도들과 거신병기들의 공세에 몰살당했다.

차이는 굴복하지 않았다. 아직 확장 기지가 많았기 때문에 자원은 풍부했다.

계속 병력을 생산하며 버텨보고자 했지만 그 투지에 찬물을 끼얹듯, 아바타가 본진에 침투해 들어와 소환 마법을 펼쳤다.

파아아앗!

이신의 병력들이 차이의 본진에 소환되었다. 병력을 생산해야 하는 기갑 정거장들이 파괴되었다.

중요 건물이 전부 파괴되자 차이는 고개를 절레절레 내저으며 GG를 선언했다.

'좋군.'

이신은 주먹을 불끈 쥐었다.

17분이 채 걸리지 않았다. 그리고 게임 내용도 원사이드한 이신의 우세였다.

그러는 사이에, 비행기는 어느새 목적지에 다다른 상태였다.

그들을 태운 전용기가 파리를 향해 착륙했다.

파리 르부르제 공항.

프랑스 파리에서 북동쪽으로 약 11킬로미터에 위치한 이 공항은 찰스 린드버그(Charles A. Lindbergh)가 최초로 대서양 단독 비행에 성공한 뒤 착륙한 곳으로 유명했다.

샤를 드골 국제공항이 생기고서는 정기항공편의 발착이 중단되었고 주로 부정기 운항과 자가 항공기가 주로 이용하는 공항으로 전락했다.

공항치고는 대단히 한산한 이곳에서 입국 수속을 마쳤는데, 문득 공항 터미널의 한곳에 인파가 모여 있는 게 보였다.

수십여 명의 서양인이 모여 사인을 요청하고 있었고, 그 중심에 선 금발의 미남자는 선글라스를 낀 채 웃으며 요청에 친절히 응해주고 있었다.

어디서 많이 본 얼굴이라 이신이 고개를 갸웃거리는데 차이가 말했다.

"엔조 주앙!"

"엔조 주앙이라고?"

"네, 프랑스 e스포츠의 영웅이요."

엔조 주앙.

월드 SC 그랑프리 개인전의 금메달리스트.

세계 무대에서 최강자로 우뚝 서면서 프랑스의 신성이 된 남자였다.

수려한 외모와 더불어 상대의 심리를 파고드는 재치 있는 플레이 때문에 더더욱 그 인기가 하늘을 찌르는 남자였다.

선글라스를 끼고 있어서 못 알아봤는데, 잘 살펴보니 과연 인터넷에서 봤던 그 엔조 주앙이었다.

"왜 여기 있지?"

"우리를 기다리고 있었나 봐요."

그러고 보니 주디가 파리SCC 측으로 이신 일행의 파리행 일정을 이메일로 보냈다고 들은 바 있었다. MBS 팀과는 따로 움직이니 양해를 구하는 이메일이었는데, 그걸 통해 엔조 주앙이 소식을 들은 모양이었다.

하지만 그렇다고 엔조 주앙이 직접 마중을 나올 줄은 몰랐기에 이신 일행은 다들 의아해졌다.

"Kaiser!"

엔조 주앙이 이신을 보더니 확 밝아진 얼굴로 손을 흔들어댔다.

그제야 엔조를 둘러싼 팬들도 이신 일행을 바라보았다.

"Kaiser?"

"Oh, God!"

e스포츠를 아는 몇몇 사람들이 격하게 반응했다.

엔조 주앙과 함께 인파가 이신 일행에게 밀어닥쳤다.

얼떨결에 이신은 팬들이 내미는 수첩과 펜을 받아 들고 사인을 해주어야 했다.

엔조 주앙은 해맑게 웃으며 다가와 손을 내밀었다.

톱스타의 위엄을 뽐내는 아까와는 전혀 딴판으로, 마치 광팬의 모습 같았다.

이신이 손을 내밀어 악수에 응했는데 엔조 주앙은 거기서 그치지 않고 와락 그를 끌어안고 포옹을 했다.

서양의 인사법이지 싶어 그것도 응해주었는데, 사방에서 찍히는 사람들의 스마트폰 카메라가 못내 거슬렸다.

엔조 주앙은 공항 바깥을 가리키며 뭐라고 말했다.

주디가 통역해 주었다.

"차를 끌고 왔대요."

"우리는 따로 준비한 차량 없어?"

"예약해 놓은 차량이 있어요."

주디는 엔조 주앙과 뭐라고 영어로 대화를 나누었는데 중간중간 엔조 주앙이 매우 열띤 반응으로 이신을 가리켰다.

주디는 무언가 불만이 어린 표정으로 말했다.

"자기 차는 2인승이라 코치님만 태우고 싶대요."

엔조 주앙은 신이 난 표정으로 계속 뭐라고 떠든다.

주디의 입술이 더 많이 튀어나왔다.

"파리 시내를 구경시켜 주겠대요."

"그러지."

이신이 그 제안에 응하자 주디의 표정은 더더욱 새침해졌다. 물론 이신은 그런 주디의 반응은 눈치채지 못했다.

다른 짐은 주디 일행에게 맡기고, 이신은 키보드 등의 장비가 든 가방만 메고서 엔조 주앙을 따라나섰다.

엔조 주앙이 끌고 온 차는 BMW i8이었다.

가솔린과 전기를 같이 쓰는 하이브리드 카였는데, 미래지향적인 독특한 디자인 때문에 눈에 확 띄는 2인승 럭셔리 카였다.

엔조 주앙은 직접 보조석 문까지 열어주는 매너를 발휘하였다. 그런 행동 하나하나에 이신을 극진히 대우하는 태도가 역력했다. 엔조 주앙은 뭐가 그렇게 즐거운지 운전을 하면서 쉴 새 없이 영어인지 프랑스어인지 모를 말을 내뱉었다.

대충 들어보니 열렬한 팬이었다고 말하는 눈치였다.

자신의 광팬이라는 프로게이머를 한두 명 만나본 게 아니므로 이신은 대수롭지 않게 받아들였다.

엔조 주앙은 계속해서 뭐라고 말했는데, 이신이 못 알아듣자 또박또박 내뱉었다.

"You, Choi, fought."

"초이? 최영준?"

"Yes, Yes, rush_Joon!"

그제야 이신은 엔조 주앙이 최영준과 겨뤘던 얼마 전의 경기를 말한다는 것을 깨달았다.

엔조 주앙은 뭐라고 떠들면서 손가락 2개를 폈다.

“2세트?”

“Yes!”

아마도 엔조 주앙은 이신이 최영준을 상대로 치열하게 펴부었던 고속전차 견제를 말하는 모양이었다.

그날 2세트에서 이신은 치밀하게 구상한 견제 플레이로 최영준에게 계속 타격을 입혔다.

생명석 심시티를 지뢰 비비기로 건너뛰는가 하면, 대피하는 신도를 후속 고속전차로 털어버리는 등, 갖가지 견제 플레이의 퍼레이드로 최영준의 물량을 원천 봉쇄했다.

하이라이트는 크게 한판 붙으려고 전 병력을 끌고 나가는 모션을 취했다가, 고속전차 4기 드롭으로 치명타를 입히며 썰물처럼 후퇴한 액션.

패배를 직감하고 최후의 한타 싸움을 각오하고 덤빈 최영준을 심리적으로 한 번 더 죽인 악마적인 일격이었다.

엔조는 그걸 굉장히 감명 깊게 보았는지 쉴 새 없이 떠들며 열광했다. 간혹 이신도 아는 게임 용어가 나와서 적당히 호응해 줄 수가 있었다.

꽉 막힌 도로를 1시간이나 기어간 끝에 파리의 중심부에 도착했다.

센 강이 흐르고 강 위로 이에나 다리가 가로질러져 있었는데, 다리가 향한 곳에는 그 유명한 에펠탑이 보였다.

인근 골목을 다닌 끝에 코인 주차장을 찾은 엔조 주앙은 차를 주차해 놓고 이신을 끌고 이동했다.

센 강변의 카페에 앉아 커피를 마시니 무수히 많은 파리 시민들과 관광객들의 시선이 두 사람에게 모여들었다.

워낙 화려한 외모에 프랑스의 톱스타인 엔조 주앙은 어딜 가나 눈길을 끌었다. 거기에 이신까지도 한국이나 중국을 비롯한 동양인 관광객들의 주목을 받았다.

"어? 저거 이신이다."

"어머머."

"와, 진짜다. 같은 있는 서양인은 엔조 주앙 아냐?"

"파리에 어떻게 이신 오빠가 있지?"

이신은 파리에 한국인 관광객이 그렇게 많은 줄은 처음 알았다. 다행히 사인 요청 등으로 방해하는 사람은 없었다.

그냥 멀리서 사진을 찍을 뿐, 관광지이니만큼 매너를 지키는 모양새였다.

커피와 디저트와 함께 즐기는 센 강변의 풍경은 기분을 상쾌하게 만들었다.

이신은 거기에 반지의 힘까지 썼다. 안락한 기분까지 온몸에 퍼지자 더욱 마음이 평온해졌다.

그런데 엔조 주앙이 돌연 진지한 얼굴로 꺼내 든 스마트폰 화면을 가리켰다. 스마트폰 화면에는 웬 스페이스 크래프트 경기의 다시 보기 영상이 떠 있었다.

말하는 투와 손짓을 보니 엔조 주앙 자신의 경기 같았다.

'자기 플레이를 봐달라는 거군.'

방진호 감독에게 들은 이야기가 있기에 이신은 쉽게 이해했다.

엔조 주앙은 최근 들어 슬럼프에 빠진 상태라고 했다.

이신은 순순히 경기를 보기 시작했다. 해설은 영어라고 알아들을 수 없었지만, 영상을 보는 것으로 충분했다.

상대는 신족이었다.

엔조 주앙은 고속전차 2기와 기동포탑 1기를 항공수송선에 실어 견제에 나섰지만, 상대에게 읽혔다.

드롭 견제가 막히자 항공수송선을 뽑은 의미가 없어졌다.

지뢰를 박으며 맵 장악에 나섰고, 신족은 거신병기들이 쏟아져 나와 지뢰를 제거해 나갔다.

엔조 주앙이 시도하는 견제 플레이가 족족이 막혀 버린다.

결국 대병력을 모은 신족의 총공세에 부딪친다.

수려한 컨트롤로 효율적인 싸움을 했다. 금메달리스트다운 플레이였지만 신족은 인류보다 훨씬 빠른 유닛의 생산—소비 회전력을 가지고 있었다.

똑같이 병력을 소모해도 더 빨리 재생산했다.

다시 한 번 공격이 펼쳐지자 아까보다 더 큰 피해가 발생하면서 확장 기지를 하나 잃었다.

게다가 다른 확장 기지에 떨어진 아바타의 병력 소환 마법.

자원 공급이 휘청해진 엔조 주앙은 결국 무난하게 패배했다.

경기를 다 본 이신이 빤히 쳐다보자 엔조 주앙은 멋쩍게 웃으며 머리를 긁적였다.

이신은 이전 경기를 보여 달라고 요구했다.

다행히 말을 알아들었는지 엔조 주앙이 자신이 올해에 치른 경기들 목록을 화면에 띄워주었다.

이신은 그중 신족과 싸운 경기만 골라 봤다.

그리고 몇 경기를 보던 이신은 고개를 저었다.

"진짜 슬럼프네."

"What?"

"월드 SC 그랑프리에서 금메달을 획득하면서 자기 플레이가 이미 전 세계에 널리 알려져 버렸으니 지는 수밖에."

엔조 주앙이 스마트폰으로 번역기 어플을 실행했고, 덕분에 갖가지 제스처도 섞어서 말뜻이 전달되었다.

"우승자 징크스라는 게 다 그런 건데, 특히나 내가 볼 때 너는 딱히 기본적인 역량이 뛰어난 편이 아니고, 임기응변도 좋지 않아."

엔조 주앙과 박영호의 경기를 봤을 때도 그랬다.

그랑프리 개인전 결승에서 엔조 주앙은 3승 1패로 철벽괴물 박영호를 꺾었다. 그 3승은 철저하게 준비된 정교한 전략으로 박영호의 철벽을 공략한 결과였다.

매우 치밀했다.

박영호가 어떻게 나올지 다 알고 한발 앞서 움직였다.

처음부터 준비된 승리를 가져간 듯한 완벽한 게임.

하지만 1패.

박영호가 즉흥적으로 시도한 4벌레 빌드 기습에 걸려 맥없이 패하는 모습도 보였다. 그것은 엔조 주앙이 실전형이 아닌, 철두철미한 전략가 타입이기 때문이었다.

심리전에도 뛰어나기에 상대의 의도를 금세 파악해 낸다. 하지만 기본 역량이 뛰어난 건 아니므로, 계산에 두지 않았던 상황이 되면 약해진다.

이신이 그 의견을 전달하자 엔조 주앙은 고개를 끄덕이며 순순히 인정했다.

엔조 주앙도, 소속팀 파리SCC도 바보가 아닌 바에는 그 사실을 모를 리 없었다.

"괴물을 상대로는 승률이 좋은데, 신족전의 승률이 바닥이군."

"Yes."

"그건 신족을 상대로 한 전략적 카드가 부족하기 때문이야."

거기에는 엔조 주앙이 의문을 표했다.

전략가 엔조 주앙. 그는 신족을 상대로도 정말 많은 전략·전술을 펼치곤 했기 때문이다.

이신은 고개를 저었다.

"쉽게 말하면 구사할 수 있는 전략의 가짓수는 10개인데, 그 10가지 전략에 대한 대응법은 3개밖에 안 된다는 거지. 네가 뭘 하든 상대 신족은 그냥 그 3개 중 하나야. 즉, 신족이 정답을 맞힐 확률은 3분의 1, 네가 정답을 맞힐 확률은 10분의 1이라는 소리야. 이제 뭐가 문제인지 알겠어?"

번역기와 낙서장 어플까지 사용해 가며 설명하자 엔조 주앙이 이해했다.

엔조 주앙은 그럼 어떻게 해야 하냐고 물었다. 이신은 당연하다는 듯이 답했다.

"전략의 가짓수를 더 늘려서 상대에게 더 많은 선택지를 강요하든가, 아니면 기본기를 강화하거나 둘 중 하나지."

당연하지만 인류 플레이어들이 다들 신족을 상대할 때 엔조 주앙처럼 많은 전략을 구사하는 건 아니었다.

주디처럼 정석 빌드만 고집해서 기본기로 이기는 경우도 있었다. 가위·바위·보에서 똑같이 바위를 냈을 때 이길 수 있는 원동력이 바로 기본기였다.

엔조 주앙이 다시 물었다.

대체 그 기본기라는 게 무엇이냐고.

이신이 말했다.

"디펜스."

디펜스 능력 강화가 필요한 엔조 주앙.

때마침 이신의 결승전 상대는 디펜스의 달인인 신지호.

'잘됐군.'

이신은 엔조 주앙을 상대로 디펜스를 깨부수는 연습을. 그리고 엔조 주앙은 이신을 상대로 디펜스 연습을!

두 사람은 서로 매우 적합한 연습 상대를 만난 셈이었다.

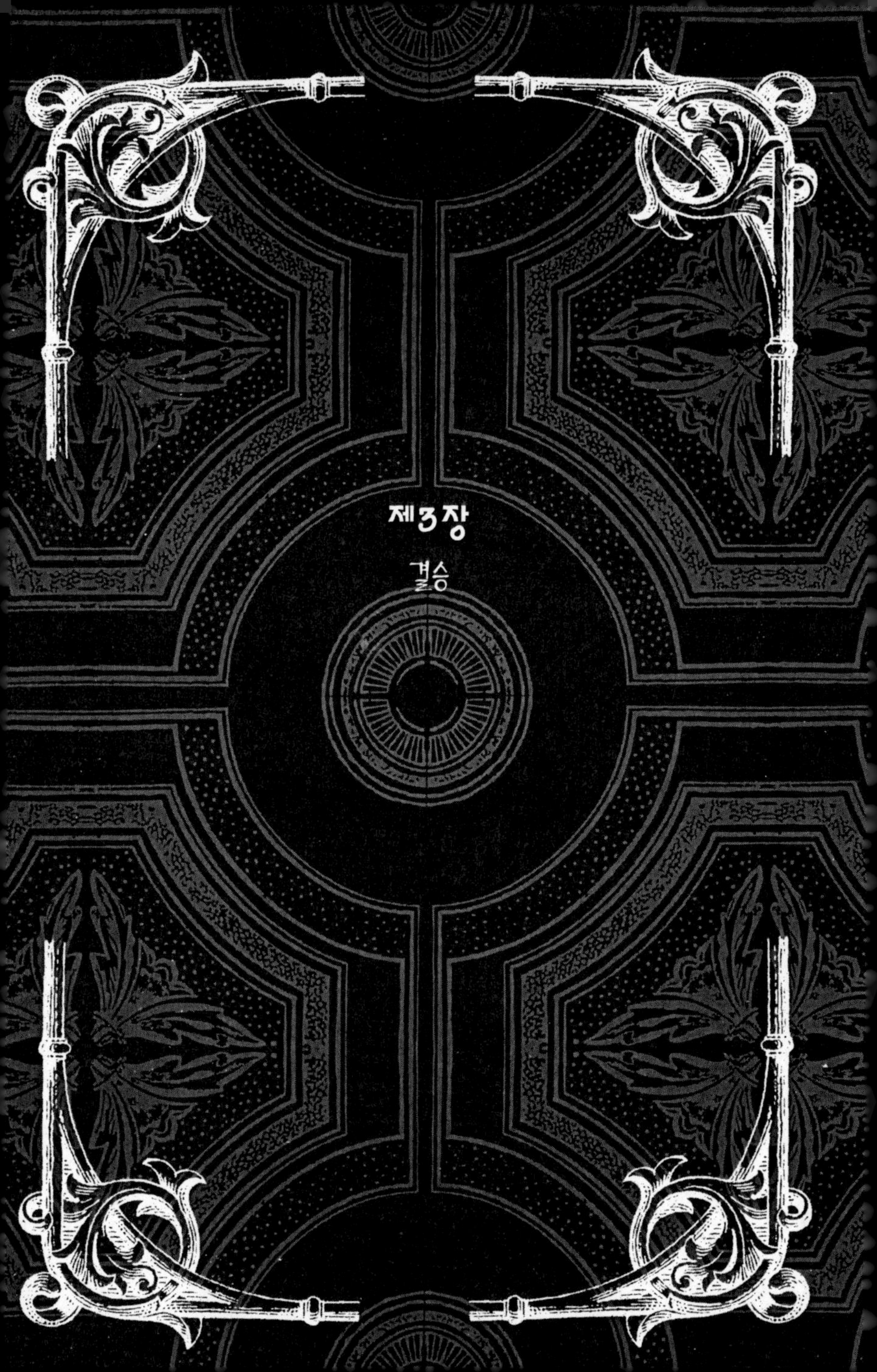

제3장

결승

저녁에는 주디 일행과 합류해서 센 강변을 따라 이동하며 파리의 야경을 감상했다.

그리고 다음 날 아침부터는 MBS 일행과 함께 본격적으로 파리SCC와 친선 훈련을 시작했다.

이신은 엔조 주앙과 연습 게임을 했는데, 그가 선택한 종족은 바로 신족이었다.

"Oh my god!"

"He's crazy!"

파리SCC의 선수들은 이신의 신족 플레이를 보며 경악을 금치 못했다.

센터에서 벌어진 전투.

고속전차들이 밀려와 지뢰를 깔며 덤볐다.

이신의 거신병기들은 매설되는 지뢰를 족족이 제거해 버리고 고속전차를 파괴시켰다.

엄청나게 빠른 손!

이신은 마우스 드래그와 클릭을 반복하며 초정밀 컨트롤을 펼쳤다.

거신병기 3~4기당 지뢰 1개를 일점사격해서, 주위에 깔리는 지뢰들을 삽시간에 없애 버리고 있었다.

그러는 와중에도 수송기까지 컨트롤해 가며 기동포탑 위에 광신도를 1기씩 드롭했다.

포격모드 상태에서 근거리 공격이 불가능한 기동포탑들은 광신도가 달라붙자 꼼짝하지 못했다.

맵 센터의 대회전은 이신의 압도적인 승리로 돌아갔다.

이어지는 물량 공세. 이신은 최영준에게서 습득한 물량 회전을 폭발시켜 계속 몰아붙였다.

식량 자원과 광물 자원의 채집량을 조절해 가며 자원 최적화. 그리고 끊임없이 생산되는 병력이 엔조 주앙의 진영을 향해 질주했다.

한 번 승기를 잡으면 끝까지 몰아치니, 엔조 주앙은 버텨낼 재간이 없었다.

엔조 주앙은 고개를 절레절레 저으며 GG를 선언했다.

"판단이 썩었어."

이신은 직설적이었다.

"맵 센터가 넓은 평지라 신족에게 유리한 지형인데, 대체 왜 인류가 먼저 달려드는 거야?"

통역을 들은 엔조 주앙이 머리를 긁적이며 말했다.

"공격력 업그레이드 타이밍에 맞춰서 뛰어든 건데……."

"맵과 상대를 봐가면서 덤벼."

"명심하겠습니다."

"다시."

다음 판은 엔조 주앙도 자신의 범상치 않은 센스를 보여주었다.

항공수송선에 태운 고속전차 4기가 이신의 본진에 드롭.

이신은 거신병기들로 자원 채집을 하는 신도들을 보호했다. 하지만 고속전차 4기가 노린 건 그게 아니었다. 막 생산되어 참회실에서 나온 대사제를 저격한 것이다.

'호오?'

이신은 내심 감탄했다.

대사제가 나올 타이밍을 정확하게 알고 드롭을 시도한 것이었다.

'이 정도 센스가 되니까 금메달을 땄겠지.'

마치 언제 슬럼프였냐는 듯, 엔조 주앙의 경기력도 올라오기 시작했다.

두 사람은 연습 경기 내내 치열하게 공방을 주고받으며 맞붙었다.

"주앙의 경기력이 올라오기 시작했군."

"허, 진즉에 저 정도로 해줬으면 슬럼프다 뭐다 하는 얘기도 안 나왔을 텐데요."

파리SCC의 론 아벨 감독은 이신의 플레이를 빤히 바라보았다.

훤칠한 키에 잘생긴 30대 중반의 흑인 남성인 아벨 감독은 이신의 두 손을 주시했다.

정교하게 마우스를 조작하는 오른손. 정확하게 키보드 단축키를 타이핑하는 왼손.

서브 종족을 플레이하는 프로게이머의 손놀림이 저 정도였다.

전혀 막힘이 없고 어색함도 없었다.

"저건 메인 종족 수준인데?"

"예, 아무리 봐도 깜짝 카드 정도 수준이 아닙니다. 어떻게 저럴 수가 있는지 참……."

코치들도 황당해하는 눈치였다.

분명히 손목을 크게 다쳤다고 했다. 회생불능이었다고 했다. 그런데 완쾌되어 돌아오더니 뜬금없이 신족까지 들고 나타났다.

마치 처음부터 신족 플레이어였던 것처럼 말이다.

소름이 끼친다.

이미 인류라는 종족으로 e스포츠의 정점을 보여준 사람이다.

그것만으로도 이미 전설로 기록될 업적을 쌓았다. 그런데 이제 와서 다른 종족까지 가지고 나왔다.

그것도 금메달리스트 엔조 주앙과 겨뤄서 이길 정도로 강력한!

'아무리 주앙이 신족전 슬럼프라지만, 저 실력이라니…….'

이신이 공격에 나섰다.

엔조 주앙은 굳건한 방어선으로 맞섰다. 언덕 위의 기동포탑들과 바리케이드를 형성해 놓은 심시티. 절대 뚫리지 않을 것 같은 인류의 우주 방어.

그런데 이신은 그것을 뚫겠다고 나섰다.

그리고…….

"이런 젠장!"

론 아벨 감독이 놀라 소리를 질렀다.

"뭐야 저게?"

"씨발, 저게 가능해?"

"어떻게 저렇게 할 수 있는 거야?"

"와, 사람 손이 아니야!"

코치들도 선수들도 눈을 부릅뜨고 경악했다.

사람이 할 수 있는 플레이가 아니었다.

인터넷 커뮤니티에서 네티즌들이 제안만 했을 뿐 누구도 성공시키지 못한 플레이. 이신은 그것을 실현시켰다.

엔조 주앙의 방어선은 뚫려 버렸다.

"그건 준비했던 거야?"

게임이 끝나고 방진호 감독이 와서 물었다.

이신은 고개를 끄덕였다.

"몇 번 연습을 해봤던 겁니다."

"손 빠르기야 너니까 가능하다 쳐도, 그게 실효성이 있긴 했던 거야?"

"그리 효율성이 있는 전략은 아닙니다. 실제로 이걸 시도했다가 차이에게 몇 번이고 역공을 당했고요."

방진호 감독은 그럼 그렇지 하는 표정이 되었다.

"근데 그런 걸 왜 연습했어?"

"이게 통하는 상황이 있습니다. 그 상황을 정확하게 노리고 들어가면 됩니다."

'이 자식 이거 진심으로 쓸 생각이네.'

방진호 감독은 전율했다.

만약에 이게 공식전 무대에서 펼쳐져서 성공한다면 어떻게 될까? 상상만으로도 소름이 끼쳤다. 경기장이 열광의 도가니가 될 것이다. 길이길이 기억될 명경기가 되리라.

어째서 이신이 슈퍼스타인지를 보여주는 플레이였다.

패배한 당사자인 엔조 주앙도 흥분한 채 이신에게 다가와 뭐라고 떠들었다.

친선 훈련 첫날, 이신이 펼친 새로운 전략이 양 팀 선수들의 입에 오르내렸다.

*　　　*　　　*

늦은 밤, MBS 선수들은 훈련이 끝나고서야 뒤늦은 파리 시내 관광을 시작했다.

파리SCC의 선수들이 따라와 가이드 역할을 해주면서 관광을 도와주었다.

국적도 언어도 달랐지만 비슷한 연령대에 게임이라는 공통분모가 있다 보니 양 팀 선수들은 금세 친해졌다.

그러자 바빠진 건 주디였다.

"코치님과 같은 팀이어서 부럽대요."

"한국 팀들은 평소에 어떻게 훈련을 하냐고 묻네요."

인종이 다양한 파리SCC의 선수들의 가장 주된 관심사는 바로 이신이었다.

한때 명실상부한 e스포츠의 절대자였던 이신은 모두의 동경의 대상이었던 것이다.

파리SCC 선수들은 주디를 통해 질문을 전달했고, 그때마다 MBS 선수들이 대답을 해주었다.

이곳저곳 쏘다니며 파리 야경을 즐기다가, 양 팀의 미성년자 선수들은 숙소로 돌아갔다. 그리고 만 19세 이상의 성인 선수들은 바에 가서 술을 마셨다.

왁자지껄한 분위기 속에서 이신과 같은 테이블에 앉은 엔조 주앙이 은근히 말했다.

"당신이 우리 파리SCC에 왔으면 좋겠습니다. 같은 팀이 되면 아주 재미있을 거예요."

주디의 통역으로 그 말을 들은 이신은 고개를 끄덕였다.

"나쁘지는 않겠군."

"그럼 우리 팀에 와주는 겁니까?"

"아니."

"어째서?"

"난 갈 곳이 이미 정해져 있어."

엔조 주앙은 다소 시무룩해졌다.

"갈 곳이 어느 나라죠?"

"한국."

"어째서?!"

이신의 대답에 엔조 주앙이 벌떡 일어나 격앙되어서 소리쳤다.

"당신은 카이저입니다! 당신의 나라를 나쁘게 말하고 싶지는 않지만, 한국에서 썩기에는 당신이 너무 아깝다고요!"

"지금이야 그렇겠지."

이신은 계속 말했다.

"하지만 내게 새로운 목표가 생겼어."

"그게 뭡니까?"

"단체전 금메달."

"뭐라고? 그럼 당연히 우리 팀 같은 강팀에 와야 하잖아요?"

"그건 반칙 같아서 재미없어."

이신은 히죽 웃으며 말을 이었다.

"내가 직접 만들고 키운 팀으로 얻을 거야."

이신은 이미 신생팀 올도어SCC의 감독 겸 선수 제안에 마음이 기운 상태였다.

그 말을 들은 엔조 주앙은 더없이 놀란 얼굴이 되었다.

"카이저가 선수 겸 감독으로 있는 팀이라고?"

카이저가 막대한 투자를 받아 직접 만든 팀!

과연 어떤 팀이 탄생될지 궁금해졌다.

"그럼 키우는 제자들도 그 팀에 같이 들어가겠군?"

"물론이지."

그 뒤로 엔조 주앙은 무슨 생각을 그렇게 하는지 말수가 없어졌다.

다음 날.

계속되는 친선 훈련에서 이신은 신족뿐만이 아니라 인류도 플레이하며 파리SCC 선수들을 상대해 주었다.

이신과 겨뤄본 선수들은 그와 한 게임의 리플레이 파일을 신주단지 모시듯 소중히 간직했다.

*　　　*　　　*

지수민은 중년 사내를 만나 이야기를 나누고 있었다.

"하하, 그 유명하신 올도어의 부사장님을 뵙게 되어서 영광입니다. 젊은 나이에 참 수완이 대단하시다고요."

"호호, 별말씀을요. 저야말로 박진용 부사장님에 대해서 말씀 많이 들었어요."

"에이, 저야 평범한 월급쟁이죠."

겸양을 하는 중년 사내.

그의 이름은 박진용.

세계적인 스포츠 브랜드 아레스의 한국지사 부사장이었다.

“정말 깜짝 놀랐어요. 아레스에서 e스포츠에 관심을 가져 주시다니 말이에요.”

“그야 지수민 부사장님이 e스포츠 중계 사업으로 대성공을 거둔 탓 아닙니까? 하하하.”

“호호호, 운이 좋아서 시기랑 잘 맞아떨어진 거죠, 뭘.”

“사실은 e스포츠 쪽으로 마케팅을 확대하는 방안은 전부터 나온 얘기였습니다. 개인적으로도 이신 선수에게 관심이 많았고요.”

박진용 부사장은 웃는 얼굴로 계속 말했다.

“아시다시피 저희 브랜드명은 전쟁의 신 아레스에서 따왔습니다. 전쟁, 그리고 승리. 그 두 가지 테마로 언제나 브랜드 마케팅이 이루어지죠. 이신 선수는 그야말로 그 콘셉트에 딱 들어맞는 주인공이었어요.”

월드 SC 그랑프리에서 전 세계 강자들을 상대로 수없이 전쟁을 치러 승리한 이신.

무적의 칭호와 함께 최종 승자로 등극한 그 위엄은 한국인을 열광케 했다.

그야말로 전쟁의 신!

아레스 한국지사는 진즉부터 이신에게 관심을 두고 있었다. 하지만 e스포츠는 몸으로 뛰는 스포츠가 아니라는 첫 번째 난

관이 있었다.

아레스가 판매하는 스포츠 용품 중 e스포츠와 관련이 있는 건 하나도 없었던 것이다.

그리고 두 번째는…….

"이신 선수가 다치고 은퇴하는 바람에 저희도 마음을 접어야 했죠."

"하지만 다시 부활했죠. 멋지게 복귀했고요."

"물론입니다. 그래서 저희 쪽에서도 다시 얘기가 나오기 시작했습니다. 얼마 전에 이신 선수를 우연히 만난 적도 있었는데, 개인적으로도 상당히 호감이 가더군요."

"어머! 신 님, 아니, 이신 선수를요?"

"예, LA로 가는 비행기에서 만났었죠. 그때 이신 선수는 라스베이거스에 이벤트 매치를 하러 가던 때였죠, 아마?"

"아하!"

"그때 이신 선수가 했던 말이 인상적이었어요."

이신 얘기가 나오자 지수민의 빠심이 튀어나오면서 그녀의 눈빛이 초롱초롱해졌다.

"게임을 할 땐 결국 전 혼자입니다. 아무도 제게 승리를 가져다주지 않아요."

'아아, 신 님!'

지수민의 눈빛이 약에 취한 것처럼 몽롱하게 풀려 버렸다.

“사실 그때 저는 확신이 들었습니다. 이신 선수는 우리 아레스의 브랜드 마케팅에 큰 도움이 될 거라고요. 그때 그 말이 CF의 콘셉트가 되면 좋겠더군요. 홀로 고독히 승리를 향해 나아가야 하지만, 혼자가 아닌 것? 보이지 않는 곳에서 아레스가 승리를 돕는다는, 그런 테마로 말입니다.”

“어머, 정말 좋아 보이네요.”

상상만 해도 정말 멋질 것 같았다. 지수민은 순수하게 감탄했다.

“때마침 올도어에서도 신생 팀을 출범하기로 했다니 저희도 확신이 섰습니다.”

박진용 부사장의 말이 이어졌다.

“올도어의 신생팀에서 이신 선수를 선수 겸 감독으로 영입하는 데 성공한다면, 저희 아레스도 그 팀의 스폰서가 되겠습니다.”

*　　　*　　　*

결승전을 앞두고 최종 프로모션 영상이 마침내 공개되었다.

—기쁘지 않습니다.

프로모션 영상은 신지호의 작년 후반기 개인전 준우승 소감으로 시작되었다.

—너무 불명예스럽습니다.

작년 후반기 개인리그, 자신의 커리어에서 최고의 성적을 올린 신지호였지만 그것은 인생의 가장 큰 아픔이기도 했다.

4강전에서 이신에게 0승 3패.

그리고 이신의 손목 습격이라는 초유의 사태로 부전승.

비난 속에서 치러진 결승전에서 연이은 졸전으로 준우승.

그때의 순간들이 영상에 스쳐 지나가더니,

—반드시 이기고 싶습니다.

신지호의 결승 진출 소감 인터뷰로 이어졌다. 그리고 얼마 전에 철벽괴물 박영호를 접전 끝에 꺾은 하이라이트 영상이 이어졌다.

그리고…….

—꺄아아악!

—와아아아!

경기장 전체가 열광의 도가니가 된 장면들이 나타났다.

모두 예전에 이신이 역대 경기에서 우승을 확정 짓는 순간이었다.

—상대가 없었습니다.

그 유명한 이신의 인터뷰.

이어서 광기신족 최영준을 3 대 0으로 완파시키는 충격의 하이라이트 장면이 나타났다.

예의 개인리그 본선 프로모션 영상에서 봤던 이신의 모습이 나타났다.

황금 옥좌에 오만하게 앉은 이신.

그런 그를 도전적으로 올려다보는 신지호.

—2020년, 최고의 인류가 가려진다.

그 자막과 함께 프로모션 영상이 종료되었다.

—이미 가려졌거든?

—어디 위대한 게임의 신님을 신지호 따위와 비교하고 있어.

—홍보 영상 자체가 신성모독ㅂㄷㅂㄷ

—신지호 "불명예스럽습니다.ㅂㄷㅂㄷ"ㅋㅋㅋㅋ

—내가 말했지? 그냥 만날 우승하던 그분이 우승하신다고.

—쌍영 팬들 존나 빡쳐 있음ㅋㅋㅋ

—그분께서 최영준을 3 대 0로 뚜드려 팼을 때 이미 끝난 거다.ㅇㅈ?

—신지호가 오랜만에 컨디션이 회복되어서 박영호를 4강에서 탈락시키고 올라갔다. 결론 : 흥행망침ㅋㅋㅋ

—결승전이 인류 대 인류전;;; 존나 지루하겠다.

—신지호 그 새끼 박영호랑 할 때도 존나 재미없게 하더라. 안 나오고 디펜스만 오지게 하니까 박영호가 매번 공격에 나설 수밖에 없었음. 인류 개사기 극혐ㅎㄷㄷ

프로모션 영상에 달린 댓글의 대부분이 신지호에 대한 욕이었다.

이신이 결승전에 올라오기를 모든 팬이 기대했다. 하지만 그 상대로 신지호가 올라오는 것은 아무도 기대하지 않았다. 박영호가 올라와서 멋진 인류 대 괴물의 대결을 보여주길 기대했다.

지난번에 두 사람이 치열한 명승부를 보여주었기 때문에 더더욱 팬들은 기대했었던 것.

하지만 신구(新舊) 최강자의 매치는 이루어지지 않았다.

뜬금없게도 신지호가 박영호를 꺾고 올라와 버렸다.

신지호를 싫어하는 사람이 많은 데에는 여러 가지 이유가 있었다.

첫째, 이신의 손목 부상과 관련된 수혜자 아닌 수혜자였기 때문.

물론 본인은 그것을 굉장히 악몽처럼 여겼지만, 이신의 은퇴로 충격받은 팬들의 분노는 황병철과 함께 신지호에게 전가될 수밖에 없었다.

둘째, 원체 좋지 않은 성격.

MBS에 있을 때도 불화와 잡음이 많았기에 성격 나쁜 것은 유명한 사실이었다.

셋째, 디펜스 위주의 플레이 스타일.

이신이나 최영준처럼 공격적인 선수가 인기가 많고 방어 위주로 소극적인 선수는 인기가 없다. 엔터테인먼트인 e스포츠에서는 당연한 진리였다.

결승전이 괴물 대 괴물전 다음으로 팬들이 싫어한다는 인류 대 인류전이 되었으니, 신지호가 원성을 듣는 것은 당연한 일이었다.

"형, 악당 다 됐던데?"

쌍성전자 연습실.

싸늘한 분위기 속에서 연습에 몰두하던 신지호에게, 막 출근한 최영준이 어깨를 툭 치며 농담을 걸었다.

"닥쳐."

신지호는 뾰족하게 대응했지만 최영준은 개의치 않고 웃었다.

"오늘 되게 예민하네."

"알면 건들지 마, 븅신아."

"형이 나보다 낫잖아. 난 3 대 떡이라고 욕 진짜 많이 먹고 있는데."

"거기서 깡패한테 이신 손목 아작 내라고 사주했다는 의심까지 받으면 그게 나야, 새꺄."

신지호는 이를 갈며 플레이에 몰두했다.

인류 대 인류전의 극후반. 무수히 많은 기동포탑들이 전진했다. 공중에는 전함 8척이 지상군을 호위하고 있었다.

신지호의 마지막 진군에 상대는 결국 무릎을 꿇었다.

—PHS : GG

—GOD_JiHo : 수고하셨습니다.

연습을 도와준 상대는 같은 팀 1군 주전인 박화성이었다. 2살

연상이었으므로 신지호는 정중히 인사했다.

하지만 신지호의 기분은 나아지지 않았다.

이기긴 했지만 너무 시간이 오래 끌렸다. 상대는 요새 1군과 2군을 왔다 갔다 하는 박화성인데, 그런 그를 상대로 1시간이 넘는 접전을 펼친 것이다.

아무리 인류 대 인류전이라 해도 이건 너무 심했다. 자신의 경기력이 지지부진한 건지 의심스러웠다.

"야."

"나?"

최영준이 반응했다.

"그래, 네가 한 번 봐봐."

신지호는 방금 전에 치른 리플레이 영상을 보여주었다.

최영준은 리플레이를 3배속으로 재생시켜 놓고 감상했다.

요약하자면 박화성이 스텔스 전투기를 빨리 뽑아 흔들기에 나서려 했는데, 그걸 알고 신지호는 기동포탑과 기계보병의 조합으로 밀어붙여 전선을 유리하게 그었다.

스텔스 전투기를 생산하는 바람에 지상군이 상대적으로 부족한 약점을 찌르고 들어간 셈이었다. 그러고는 이어지는 엄청난 굳히기.

"우와, 108공포다."

"닥쳐."

최영준의 감탄에 신지호가 뾰족하게 반응했다.

108공포.

정확히는 108대공포인데, 전선을 온통 대공포로 도배해 버리는 신지호 특유의 우주방어였다.

이게 등장하면 엄청난 수면제 장기전이 되므로 네티즌들이 우스갯소리로 '공포'라는 단어를 붙인 것이었다.

그 뒤에는 정말 순탄한 장기전.

끝까지 굳히며 많은 자원을 뽑아낸 신지호가 기동포탑과 전함이라는 호화로운 조합으로 승리를 가져갔다.

리플레이를 다 본 최영준이 입을 열었다.

"형, 내가 솔직하게 까놓고 얘기해도 돼?"

"괜찮으니까 말해."

"왜 그렇게 새가슴이야?"

최영준이 직격탄을 날렸다.

"뭐 인마?"

신지호의 만면이 형편없이 일그러졌다.

"내가 볼 때 이건 형다운 스타일대로 이긴 게임이야. 근데 형은 자꾸 네티즌 반응 같은 거 너무 의식하니까 이게 못한 것처럼 스스로 느껴지는 거잖아. 안 그래?"

"……."

"자기 스타일을 바꾸지 못할 거면 그냥 받아들이고 꿋꿋하게 밀어붙여. 이게 난데 어쩔 거냐 하고. 막말로 형처럼 욕먹는 캐릭터도 있는 법이지. 관심도 받지 못한 선수들이 얼마나 많아?"

"말은 존나 쉽게 하네. 넌 내 입장 안 되어봐서 그러는 거야."

"아 몰라, 아무튼 형 이거 잘한 거야. 영호 형도 이런 스타일로 꺾었잖아. 이렇게 안 하면 이신 못 이기지."

"…알았다."

최영준의 지적대로였다.

신지호는 네티즌 반응을 굉장히 의식했다. 본래부터 주목받고 싶어 하는 스타 기질이 강했고, 작년 말의 사건이 큰 아픔이 되어서 더욱 여론을 의식하는 성향이 강해졌다.

108공포니 수면제니 하는 수식어들이 따라다닐 때마다 몹시 신경이 쓰이고 때때로 자괴감도 들었다.

머릿속에는 이신처럼 화려한 플레이를 즐기고 열광받는 자신이 있는데, 현실은 꽁꽁 철벽을 두르는 디펜스의 왕자였다.

워낙에 디펜스를 잘하므로, 그 디펜스를 뚫어버리는 엄청난 공격성이 상대방에게 나타나면 명경기가 된다. 그래서 좇아다니는 또 다른 수식어가 명경기의 희생양.

이상과 현실이 크게 괴리가 있다 보니, 그것이 컨디션의 기복으로 나타나는 것이었다.

하지만 이해하지 못할 건 아니었다.

이제 21세의 창창하고 혈기 왕성한 신지호였다. 이신처럼 멋지고 싶지 욕먹는 캐릭터가 되고 싶어 하지 않았다. 이신처럼 화려하게 이기고 싶지, 진흙탕을 뒹굴고 싶지 않았다.

"씨발."

신지호는 욕설을 내뱉으며 다시 2군 선수를 불러다가 연습을 재개했다.

그날 저녁.

저녁 식사를 마친 직후에 최민재 코치가 신지호를 따로 불러냈다.

"자, 받아."

조용한 곳으로 불러낸 최민재 코치는 편의점에서 사온 캔맥주를 건넸다.

술을 좋아하는 신지호의 눈이 휘둥그레졌다.

"이래도 돼요?"

"짜식, 뭐 어때. 한 캔 정도로는 티도 안 나잖아?"

"그건 그렇죠."

캔을 뜯어서 가볍게 건배하고 한 모금 마시자 기분이 상쾌해졌다.

"이제 기분이 좀 낫냐?"

최민재 코치가 물었다.

"예."

"나도 선수 시절에 다 겪어봐서 네 기분 잘 안다."

"겪어봤다고요?"

신지호가 의심스럽게 물었다. 최민재 코치가 그런 신지호에게 꿀밤을 때렸다.

"인마, 나도 8강까지는 가봤어. 8강전 앞둔 날에는 진짜 싱숭생숭하더라."

"코치님은 저처럼 욕 안 먹었잖아요."

"인마, 그래도 8강전 상대가 최환열이었어. 이기면 완전 역적 되는 거였는데 마음이 좀 불편했겠냐?"

"그래도 저만큼은 아니에요."

"어이고, 그래. 너 욕 많이 처먹는다. 짱 먹어라."

신지호의 얼굴 표정이 구겨졌다.

최민재 코치는 문득 신지호의 어깨를 툭툭 쳤다.

"지호야."

"네, 코치님."

"나는 말이야. 네가 좀 스스로를 있는 그대로 인정하고 받아들였으면 좋겠어."

"욕먹는 인류요? 아니면 수면제 인류요?"

"성질 더러운 인류까지 셋 다."

"아, 진짜!"

"진심으로."

"아 좀, 진심이라고 하지 마세요."

신지호가 짜증을 냈다.

최민재 코치가 계속 타이르듯이 말했다.

"넌 이신이 아니야, 이놈아. 이신처럼 신이 될 수도 없고 최영준처럼 화끈한 플레이로 주목받을 수도 없어. 그건 네가 더 잘 알잖아?"

"……."

"그런데 말이야. 열심히 노력해서 모두의 기대를 뒤엎고 이신을 꺾고 우승을 거머쥐는 그림도 그리 나쁘지는 않다고 봐. 엄청난 노력으로 결국 성취를 이루는 것도 좋은 드라마 아니냐?"

"……."

"지호야, 난 네가 스스로를 인정하고 받아들이기만 하면, 그땐 정말 네가 쌍영과 동급이라고 생각한다."

"쌍영……."

"그래. 박영호를 꺾고 올라가서 최영준을 묵사발 낸 이신을 이겼는데, 그 정도 되면 누가 널 쌍영보다 아래라고 하겠어?"

"이신급은 아니고요?"

"그건 아니지 이 자식아. 어딜 신하고 견줘? 너도 금메달 서너 개 따보든가."

최민재 코치의 핀잔에 신지호는 웃었다.

맥주를 마신 탓인지, 기분이 다소 상쾌해졌다.

연습실에 돌아온 신지호는 최영준에게 말했다.

"연습하자."

"나랑?"

"그래, 이신이 깜짝 카드로 신족을 들고 나올 가능성도 있잖아."

"그건 그렇겠네. 알았어. 형, 연습 상대 잘 고른 거야. 이신 그 양반 나한테 신족 플레이 배운 거 알지?"

"몰라 새꺄."

"자, 고고."

두 사람은 연습을 시작했다.

신지호.

디펜스의 달인이자, 여러 가지로 네티즌들에게 욕과 조롱을 자주 먹는 주인공.

그리고 우승을 꿈꾸는 열정 가득한 21세의 프로게이머였다.

*　　　　*　　　　*

파리SCC와 훈련을 하고 귀국한 이신은 제자들과 함께 다시금 스포트라이트를 받았다.

단순한 e스포츠 전문 언론뿐만이 아니라 연예계 담당 기자들도 많이 붙어서 이신 일행의 사진을 찍어갔다.

이신은 물론이고 제자들 또한 하나같이 외모가 뛰어난 탓에 요즘 화제의 대상이었던 것이다.

MBS팀의 다른 일행은 아직 파리에서 친선 훈련을 계속하고 있었지만, 이신만 제자들과 함께 먼저 돌아왔다.

곧 있으면 결승전이었기 때문이다.

치명적인 부상. 1년간의 공백……. 그 모든 것을 뛰어넘고, 이신은 과연 다시 신으로 등극할 것인가?

모두가 숨죽인 채 기다리고 있었다.

"얼레, 니들 왔냐?"

유설희와 함께 경기를 관람하러 온 최환열이 알은체를 했다.

"오, 형님!"

박영호가 손을 흔들었다. 그 옆에는 최영준도 있었다. 쌍영이라 불리는 라이벌이 사이좋게 관람하러 온 것이다.
"안녕하세요."
최영준은 대선배인 최환열을 보자 공손히 허리를 숙였다.
"어, 그래그래. 쌍영이 사이좋게 왔네. 니들 두고 요즘 쌍탈이라고 하더라."
"쌍탈이요?"
"광탈한 쌍영."
"크윽! 이런 젠장!"
박영호가 두 주먹을 불끈 쥐고 부들부들 떨었다.
"하아……."
최영준도 한숨을 쉬었다.
사실 4강 정도의 성적이면 광탈이라는 비속어로 표현할 수 없는 좋은 성적이었다. 하지만 워낙에 기대 받던 우승 후보들이었기에 팬들이 실망감에 그렇게 표현하는 것이었다.
게다가 3 대 0로 완패한 최영준은 할 말이 없었다.
설령 상대가 신이었어도, 새로운 천재로 주목 받던 광기신족이 그렇게 져서는 안 되는 거였다.
"으하하, 그렇다고 뭘 그렇게 표정들이 썩어 있어. 여기 내 애인이다, 인사들 나눠."
"안녕하세요."
유설희가 웃으며 인사하자, 박영호와 최영준의 표정이 변했다.
금발 숏컷에 화면에 잡힐 것에 대비한 섹시한 숏팬츠 차림이 잘 어울리는 유설희의 미모는 혈기왕성한 두 청년의 눈을 돌아가게 만들었다.

"우오오, 안녕하세요!"

그렇게 흥분하며 인사하는 것은 활발한 박영호.

"아, 안녕하세요."

쑥스러워하며 인사하는 것은 최영준이었다.

"우와, 애인 분이 너무 예쁘십니다! 형님, 저도 여자 좀! 소개팅 좀!"

박영호가 최환열의 바짓가랑이를 붙잡고 매달렸다.

정말로 간절한 태도였기에 최환열은 식은땀을 흘리며 당황했다.

"이, 인마, 왜 그런 소릴 나한테 해? 설희한테 부탁해 봐."

"누, 누님!"

박영호의 활활 타는 눈빛이 유설희를 향했다.

유설희는 눈웃음을 지었다.

"으음, 내가 예쁜 BJ 애들을 좀 많이 알긴 하지."

"오오!"

"하지만 말이지……."

"뭐, 뭔가요? 얼굴인가요? 아니면 키가 문제인가요?"

콤플렉스를 전부 드러내 놓고 묻는 박영호였다.

유설희는 깔깔거리며 말했다.

"아니, 그런 거 말고."

"그럼요?"

"소개해 주면 나한테 뭐 해줄 건데요?"

"음, 글쎄요? 뭐 원하시는 거라도?"

"시즌 끝나면 우리 방송에 한 번 게스트로 와주실래요?"

"오, 그거 좋죠."

박영호는 뭔가 좋은 생각이 났는지 손가락을 딱 튕겼다.

"아예 저 여친 찾아주기를 콘텐츠로 삼아도 될 것 같은데요?"

"어머머, 그거 진짜 좋다. 완전 천재!"

"크하하! 제가 원래 예능 쪽으로 잔머리가 잘 돌아가거든요."

박영호 역시 프로리그 시즌이 끝날 때는 개인 방송을 하곤 했다.

경기력은 물론이고 엄청난 입담을 과시하기 때문에 방송을 켰다 하면 시청률이 어마어마했다.

"완전 마음에 드네. 벌써 소개시켜 줄 애들이 몇 명 떠오르려고 그래!"

"오오오! 잘 부탁드립니다, 잘 부탁드립니다! 그 방송 완전 흥하도록 아예 지금부터 제가 떡밥을 던져 놓을게요!"

"떡밥? 어떻게요?"

"잘 보세요!"

박영호는 경기장 입구에서 나눠주는 피켓에 매직으로 뭐라고 크게 적기 시작했다.

—여친 구함.

"꺄하하하! 그게 뭐야!"

유설희는 빵 터졌다.

"자, 이제 이게 화면에 잡히면 완전히 게임 끝나는 거예요. 오키?"

다름 사람도 아닌 박영호가 저런 플랜카드를 들고 있는 모습이 화면에 잡히면 엄청난 인기의 폭풍이 불어닥칠 것이다.

"와, 진짜 천재다, 천재!"

유설희는 웃으면서도 박영호의 예능감에 감탄을 금치 못했다.

그 옆자리에 앉은 최영준은 유설희와 신나게 이야기를 나누며 소개팅 건을 진행하는 박영호를 부럽게 쳐다봐야 했다.

'나도 시즌 끝나면 방송이나 해야지. 신이 형도 한 번 출연해 주기로 했고.'

그렇게 이런저런 잡담을 나누고 있을 때였다.

—예, 여러분! 오래 기다리셨습니다.

경기장의 조명이 꺼졌다.

어두컴컴해진 경기장에 사회자 이병철의 목소리가 힘 있게 울려 퍼졌다.

—지금 이 순간! 이 자리에!

쩌렁쩌렁한 목소리에 수만 관중이 이목을 빼앗겼다.

—최고의 자리를 꿈꾸는 두 남자가 있습니다!

파앗!

한 줄기의 스포트라이트가 무대 왼편을 비친다.

그곳에 신지호가 서 있었다.

"와아아아!"

"오오오!"

관객들이 함성을 질렀다.

—오늘 이 자리에서 그 두 남자는 모든 것을 걸고 사투를 벌일 것입니다!

파아앗!

또 한 줄기의 스포트라이트가 오른편에 떨어졌다.

그곳에 이신이 서 있었다.

"꺄아아아아악!!"

"우와아아아아!"

"이신! 이신! 이신!"

함성을 지르는 관객들.

이윽고 짜인 각본에 따라, 두 사람이 서로에게 걸어갔다. 걸음걸이에 맞춰 스포트라이트도 따라갔다.

두 사람은 서로 악수를 했다.

짝짝짝—!

박수가 쏟아졌다.

두 사람은 서로에게 등을 돌려 각자의 부스로 떠났다.

—자, 긴 말이 필요 없습니다! 1세트, 피의 권좌! 시작합니다!

이미 경기 준비는 모두 끝나 있었다.

완벽한 연출에 따라, 카운트다운이 세어진 후에, 1세트는 시작되었다.

"와, 존나 간지 난다."

박영호가 멍하니 결승전 오프닝에 감탄하였다.

"하아, 내가 저기에 섰어야 했는데."

최영준이 한숨을 푹푹 쉬었다.

"짜식들, 아직 한창인 것들이. 난 이제 저런 데 서지도 못한다."

최환열도 옛 추억과 감동에 젖은 그리운 얼굴이었다.

그런 그의 손등을 유설희가 가만히 쓰다듬으며 위로해 준다.

누구보다도 선수 생활에 대한 열정과 그리움이 대단했던 최환열의 심경을 잘 알고 있었던 것이다.

최환열은 웃으며 유설희의 머리를 쓰다듬었다.

'이겨라, 이신.'

최환열은 속으로 기원했다.

'앞으로의 계획이야 어쨌든, 일단 시작은 네가 다시 신이 되는 거야.'

그렇게 1세트가 시작되었다.

시작은 인류 대 인류전이었다.

*　*　*

고요한 출발.

하지만 기갑 정거장을 지을 타이밍이 되자, 먼저 송곳니를 드러낸 건 의외로 신지호였다.

그것은 신지호가 정찰 운이 좋아 한 번에 이신의 진영을 찾았기 때문이었다.

병영 하나 짓고 바로 앞마당을 가져가는 빌드 오더.

초반에 기습적인 찌르기가 없다는 걸 안 신지호는 디펜스에 전혀 자원을 투자하지 않고 바로 테크 트리를 올렸다.

혹시나 있을 위험에 대비해 참호를 건설한 이신과 대비되는 양상. 정찰 운이 결정지은 유리한 출발이었다.

—이신 선수는 기갑 정거장을 2개째 짓기 시작하는데, 오! 신지호 선수는 3개!

—3기갑! 물량에서 이기겠다는 거죠!

신지호는 한발 먼저 생산한 첫 고속전차로 곧장 견제에 나섰다.

이신의 앞마당에 쳐들어가 건설로봇 1기를 사살했다. 이신도 막 생산된 고속전차로 맞섰다. 이어서 생산된 2기째의 고속전차가 가세해 퇴치하는 데 성공.

그러나 신지호는 날카롭게 본진으로 파고들어 죽기 전에 이신의 빌드 오더를 확인했다.

—두 사람 다 기갑 정거장을 늘리는데요, 이신 선수는 4기갑! 우와, 신지호 선수는 그걸 보더니 5기갑입니다!!

—지금 저게 신지호 선수가 맞나요?! 대단히 공격적입니다. 아주 작정하고 나온 것 같아요!

앞마당 확장 기지만 가져간 타이밍.

당연하지만 5개나 되는 기갑 정거장에서 전부 비싼 기동포탑이 생산되는 게 아니었다.

생산되는 것은 당연히 값싼 고속전차.

스피드 업그레이드와 지뢰 개발이 완료된 고속전차들이 마구 쏟아져 나왔다.

'내가 디펜스 위주로 플레이하는 이유는 말이지.'

신지호가 이를 악물고 쌓아놓은 고속전차를 모두 이끌고 출진했다.

'공격을 못해서가 아니야, 이 새끼야!!'

—갑니다! 신지호가 갑니다!

—아주 작정한 물량! 이신 선수도 마중 나가죠!

대규모의 고속전차 부대가 충돌했다.

퍼퍼펑— 퍼펑—!

현란하게 치고받는 스피디한 싸움에 보는 관객들은 정신을 차릴 수가 없었다.

신지호가 삽시간에 진형을 넓게 펼치고 덤비자, 이신이 포위되는 형국이 되나 싶었다.

하지만 이신은 고속전차들을 뭉치더니 뒤로 물러선 후에 반시계방향으로 선회. 신지호의 측면을 쳤다.

신지호도 계속 이신의 후방을 잡으며 포위진을 형성하려 들었고, 두 마리의 뱀이 서로 꼬리를 물고 공멸하는 그림이 그려졌다.

—우와아! 엄청난 접전입니다!

—저 물량과 스피드 좀 보세요! 저게 다 바퀴 떼가 아니라 고속전차에요!

—신지호 선수도 이신 선수도 계속 물량이 나옵니다. 그런데 신지호 선수가 더 많죠!

—5기갑까지 올리고 물량을 생산하니까요! 어? 6기갑! 6기갑입니다!

"와아아아!!"

관객들이 경악했다. 신지호의 진영에 기갑 정거장이 무려 6개였기 때문이다.

이 이른 타임에 벌써부터 6개나 되는 기갑 정거장이 고속전차를 괴물의 바퀴처럼 쏟아내고 있었다.

물량에서 밀리자 이신도 낌새를 느낀 것이 틀림없었다.

—이신 선수도 6기갑 올립니다!

—상대 물량 보니까 바로 감이 왔죠!

—싸움 길게 갈 것 없다! 아주 끝장 보자 이겁니다!

맵 사방팔방에서 교전이 벌어졌다.

신지호의 고속전차들이 6시로 치고 들어가 2번째 확장 기지를 짓던 건설로봇을 사살했다.

이에 질세라, 이신도 2번째 확장 기지를 지으러 가는 신지호의 건설로봇을 중간에 사살해 컷했다. 서로 확장 기지를 더 가져갈 타이밍이라는 걸 알기 때문에 펼치는 치열한 견제였다.

계속해서 전 병력을 쏟아 붓는 신지호.

그 순간, 맵을 크게 우회해 신지호의 11시 진영으로 접근한 이신의 고속전차들.

신지호가 전 병력을 공격 보낸 순간, 텅 비었다고 판단하고 삽시간에 치고 들어갔다.

—어어어! 저거 본진 난입 허용하면 신지호 선수 망하는 겁니다!

—병력 돌아와야죠! 막아야… 아! 막았어요!

앞마당에서 일하던 건설로봇들이 일제히 움직여 본진으로 들어가는 출입구를 블로킹했다.

그리고 나갔던 고속전차들이 재빠르게 돌아왔다.

본진 난입에 실패하자, 이신은 더 싸우지 않고 바로 빠져나가 버렸다.

—바로 뺐습니다!

—거기서 싸우면 잡아먹히는 걸 알아요! 판단 정말 빠릅니다!

—그런데 저기 3시 지역에 있는 건물 뭔가요?

대형 화면에 3시 지역이 비춰졌다. 놀랍게도 신지호가 그곳에 몰래 확장 기지를 건설하고 있었다.

계속 확장을 방해 받자, 아예 예상 못 했을 3시 지역에 확장 기지를 마련하려는 것이었다.

—몰래 확장!

—저렇게 치열하게 치고받는 와중에 몰래 확장 기지까지 가져가려는 신지호 선수의 안배!

—늘 안전하게 확장을 하는 신지호 선수의 평소 모습과 전혀 달라요! 누가 저 선수더러 안전주의자라고 했나요?!

—그런데 이신 선수도 알아요! 고속전차 1기가 따로 움직이면서 다른 지역 정찰을 해주고 있어요!

—하하하! 이신 선수도 심리의 허점이 없어요!

—두 선수 정말 손이 몇 개입니까! 이게 인류 대 인류전 맞습니까? 너무 빨라요!

속사포처럼 전투가 사방에서 벌어졌다.

확장 기지 견제, 본진 난입 시도, 맵 센터 주도권 싸움.

맵에 깨알같이 찍힌 수십 개의 점들은 전부 다 두 사람이 매설한 지뢰였다.

그 와중에도 두 사람은 계속해서 본진에서 테크 트리를 올렸다.

비슷했던 두 사람의 운영이 갈렸다.

이신은 군사학교를 짓고 레이더를 개발했다. 상대의 지뢰를 제거하려면 레이더가 필요했기 때문. 그리고 신지호는 그걸 생략해 버리고 기동포탑 생산에 들어갔다.

기동포탑 5기가 생산되자 다수의 고속전차와 함께 공격에 나섰다.

—신지호 선수! 레이더도 없이 그냥 갑니다! 고속전차는 몰라도 기동포탑은 지뢰를 밟고 터질 수도 있는데요?!

—그냥 강행돌파?! 갑니다!

"우와아아아!"

"오오오!!"

관객들이 탄성을 터뜨렸다.

기동포탑에 반응하여 지뢰가 튀어나올 때마다 호위하던 고속전차들이 일제히 공격해 제거해 나간 것이다.

그렇게 지뢰를 억지로 제거하면서, 신지호는 진군했다.

―이신 선수는 아직도 기동포탑이 없는데요?! 화력에서 밀립니다! 어떻게 막을 겁니까!

이신 역시 매설해 놓은 지뢰를 통해 신지호의 진군을 알고 있었다.

이신의 선택은 기계보병이었다. 기계보병들이 쏟아져 나와 고속전차들과 함께 움직였다.

―신지호 선수, 기동포탑들이 일제히 라인을 잡고 포격모드로 전환!

―전선을 유리하게 잘 그었습니다!

띄엄띄엄 배치된 기동포탑들.

호위하는 다수의 고속전차들.

이신은 그 전선을 향해 덤벼들었다.

양방향!

정면은 기계보병과 고속전차. 그리고 일부의 고속전차는 배후로 우회해 기동포탑을 덮쳤다. 기동포탑 주위에 지뢰를 마구 매설했다.

기계보병들이 기관총을 난사해 신지호의 고속전차들을 제거해 나갔다.

퍼퍼퍼펑—!!

신지호의 기동포탑들도 계속해서 불꽃을 뿜으며 반격했지만, 매설된 지뢰가 발동하면서 전부 폭사당했다.

그랬다.

기동포탑의 천적은 바로 발 빠른 고속전차의 지뢰. 이신은 그 컨트롤의 달인이었다.

물론 기동포탑들의 숫자가 많았다면 접근하기도 전에 포격으로 전멸시켰을 터였지만 지금은 숫자가 충분치 않았다.

타이밍을 노리고 치고 나온 신지호. 하지만 그것이 독이 되었던 것.

퍼어어엉! 퍼어엉!

지뢰에 휘말려 기동포탑들이 정리되었다.

—승리! 이신 선수가 센터 교전에서 승리를 거뒀습니다! 이렇게 되면 신지호 선수는 이신 선수의 반격에 대비해야죠!

—이제 이신 선수가 갑니다!

이신의 병력이 신지호의 진영으로 물밀 듯이 밀어닥쳤다.

신지호는 계속 생산된 기동포탑을 언덕 위에 배치하고 디펜스를 갖췄다.

이신이 공격을 퍼붓기 시작했다.

공격은 신지호가 예상 못 한 방향으로 시작되었다.

'어?'

항공수송선 1기가 앞마당을 가로질러 본진에 들어온 순간, 신지호는 아차 싶었다.

'제기랄!'

드롭이었다.

항공수송선에서 내린 고속전차 4기가 삽시간에 언덕에 배치된 기동포탑들을 공격했다.

지상전에 치중하느라 신지호는 대공방어가 갖춰져 있지 않았다.

그 역점을 정확히 노린 것이다. 항공수송선은 계속해서 병력을 수송해 드롭했다.

계속해서 본진에 떨어지는 이신의 병력.

"아 놔……."

신지호는 나직이 욕설을 내뱉었다.

이래도 안 되는구나.

씁쓸한 미소가 입가에 드리웠다.

—GOD_JiHo : GG.

—신지호 선수 GG!!

"와아아아아!!"

쩌렁쩌렁한 함성이 경기장을 가득 채웠다.

—1세트는 이렇게 이신 선수가 가져갔습니다.

—하지만 신지호 선수도 대단한 경기력을 보여주었습니다.

—예, 그렇습니다. 지금까지 한 번도 보여주지 않았던 새로운 면모로, 팬들에게 똑똑히 각인시켰어요! 나도 이 정도 한다! 쌍

영을 꺾고 올라와 이신과 자웅을 겨룰 클래스다! 그것을 입증한 거예요!

—예, 정말 최강자를 가리는 대결다운 경기였습니다. 두 선수 모두에게 박수를 쳐 주고 싶습니다!

그 해설이 신호가 되어서 일부 팬들이 박수를 쳐 주었다.

곧이어 경기장이 온통 박수로 가득 채워졌다.

부스에서 나와 대기실로 향하면서, 신지호는 그 박수를 들었다.

정말 오랜만에 받는 찬사였다. 아니, 지금까지 이렇게까지 크게 환호를 받은 적은 없었다.

저 많은 사람들이 모두 자신의 플레이를 보고 기뻐하고 감탄한 것이었다.

'쳇, 이게 뭐라고.'

졌는데도 그리 나쁜 기분은 아니었다.

물론 패배가 달갑지는 않았다. 하지만 이상하게 속은 후련했다.

"지호야, 난 네가 스스로를 인정하고 받아들이기만 하면, 그땐 정말 네가 쌍영과 동급이라고 생각한다."

최민재 코치의 말이 떠올랐다.

신지호는 쓴웃음을 지었다.

"알았어요, 알았다고요."

이신처럼 화려하게 싸웠다. 그리고 장렬하게 패배했다.

그걸로 된 거다.

이제 신지호는 공격적으로 화려한 스타일에 대한 미련을 버렸다.

그런 걸로는 이신을 꺾을 수 없었다.

'이제는 내 방식대로 간다.'

그것은 신지호의 각성이라고 해도 무방했다.

휴식 시간이 끝나고서 다시 시작된 2세트에서 신지호는 그야말로 혀를 내두를 정도의 디펜스를 선보였기 때문이었다.

신지호는 시작부터 모험을 걸었다.

생 더블. 시작부터 곧바로 앞마당 확장 기지를 가져가는 도박적인 빌드 오더였다.

위치도 서로 거리가 먼 대각 방향이라 운까지 따라주었다.

서로 거리가 멀면 공격에 나선 병력이 도달하기까지 오래 걸리므로, 방어를 해놓기에 충분한 시간적 여유가 있는 것이었다.

그렇게 자원적으로 매우 유리한 출발을 한 신지호.

이신은 그런 신지호를 가만히 내버려 둘 수가 없었다.

빠르게 고속전차와 기동포탑을 뽑아서 견제에 나섰지만, 신지호가 내세운 다음 카드는 스텔스 전투기였다.

견제와 함께 턱밑까지 숨통을 조여 오는 이신의 압박을 빨리 생산한 공중유닛으로 걷어낸 것이다.

기동포탑도 고속전차도 지대공이 불가능했으므로, 이신의

견제와 압박은 막혀 버렸다.

그렇게 뛰어난 판단력으로 위기를 모면한 신지호는 그때부터 시종일관 유리한 국면을 유지했다.

보다 풍부한 자원이 병력으로 이어졌다.

보다 우세한 병력은 전선의 전진으로 이어졌다.

인류 대 인류전의 전형적인 라인 싸움이 시작되었다.

신지호는 전선을 유리하게 그어서 보다 많은 면적의 맵을 장악했다. 그것은 즉 매장된 자원도 더 많이 차지할 수 있다는 뜻이었다.

이신은 전술위성을 활용한 돌파와 항공수송선을 활용한 대규모 드롭 등을 구사하며 돌파를 시도해 보려 했지만, 그때 작렬한 것이 바로 그 유명한 108대공포였다.

—108공포!

—대공포로 온통 도배해 버리는 신지호 선수. 저건 바늘로 찌를 틈도 없는 완벽한 디펜스입니다!

그렇게 전선을 고착시켜 놓은 채, 신지호는 계속 디펜스만 하면서 버티고 또 버텼다.

맵의 자원이 모두 고갈되자 비로소 최후의 격전이 펼쳐졌다.

보다 많은 자원을 먹은 신지호는 물량과 회전력으로 밀어붙여 승기를 얻었다.

57분의 장기전 끝에…….

—Kaiser : GG.

어찌 해볼 도리가 없이 이신이 패배를 선언했다.

—초반에 승부가 이미 갈린 게임이었습니다. 신지호 선수의 과감한 생 더블과 빠른 스텔스 전투기가 이미 승기를 굳힌 셈이었어요. 그렇게 되면 신이라도 도리가 없죠!

—물론 이신 선수는 이런 상황에서도 숫하게 역전을 했던 전례가 있지만, 지금은 상대가 또 신지호거든요! 신지호 선수는 그렇게 잡은 승기를 웬만해서는 절대 놓치지 않아요. 특히 같은 인류를 상대로는 말이죠!

—예, 같은 인류끼리는 저 엄청난 방어를 돌파할 수 있는 수단이 많지 않거든요! 어쩌면 이신 선수의 천적은 바로 신지호 선수일 수 있겠다는 생각이 들게 만드는, 그런 2세트였습니다.

—이렇게 해서 스코어는 1 대 1이 되었습니다.

'역시 이런 양상이 나오는군.'

대기실로 돌아온 이신이 생각했다.

1세트에 어마어마한 공격성을 보였던 신지호의 플레이는 바로 2세트를 위한 포석이 아니었나 싶었다.

1세트의 기억 때문에 이신은 신지호가 생 더블로 얻은 자원 우위로 고속전차 가은 지상군 물량을 쏟아낼 것이라고 추측했다. 실제로 신지호도 그런 액션을 취해 이신을 속였다.

평소답지 않은 파격 플레이가 이신을 속일 수 있는 미끼가 되었던 것.

그리고 나타난 스텔스 전투기. 거기서 이미 허를 찔렸고, 승부가 갈렸다.

'정말 제법이야.'

사실 신지호가 느끼는 콤플렉스와 달리, 이신은 예전부터 이미 신지호의 실력을 인정하고 있었다.

이번 개인리그에서도 가장 위협적인 상대로 신지호가 될 수 있다고 생각했을 정도였다.

이신의 그런 예상을 빗나가는 법이 없었다.

이대로 남은 세트도 전부 인류로 싸운다면 신지호와의 대결에서 승부의 결과를 장담할 수 없었다.

종족 간의, 그리고 선수들 간의 상성이었다.

신지호는 최영준에게 매우 약했지만, 괴물과 같은 인류에게 강했다. 반면 이신은 모두에게 강했기에 무패우승 같은 업적도 세웠지만, 그래도 천적이라고 할 수 있는 상대가 있다면 바로 같은 인류. 그것도 디펜스가 철저해 견제가 잘 들어가지 않는 선수였다.

바로 그 방면에 특화된 결정판이 바로 신지호인 것이었다.

'그럼 이제 나도 새로운 것을 꺼내야지.'

이신은 결심을 굳혔다.

그리고 3세트.

"꺄아아아악!!"

"오오오오오!!"

경기장에 경악과 탄성이 울려 퍼졌다.

3세트는 이제 막 시작한 상황. 모두를 놀라게 한 것은 바로 이신의 종족 선택이었다.

신족입니다! 이신 선수가 신족을 골랐습니다!

—저건 실수가 아닙니다! 스태프가 확인해 봤는데 이신은 실수가 아니라고 했어요!

—마이클 조셉을 상대로 한 번 깜짝 선보인 바 있었던 신족을 다시 골랐습니다!

—마이클 조셉 선수와의 이벤트 매치 때도 1세트에서 졌을 때 저걸 꺼냈거든요. 이번에도 마찬가지입니다. 인류를 상대로, 중요한 고비에 이르자 이신 선수가 다시 저 카드를 꺼낸 거예요!

—이신 선수가 정말 이번 3세트를 중요시 여기고 있다는 뜻입니다!

이는 심리의 역점을 찌른 한 수였다.

신지호도 이신이 신족을 꺼내들 수 있다는 걸 예상했을 것이다. 하지만 1, 2세트에서 인류 대 인류로 치열하게 맞붙었다.

바로 그것이 이신의 포석.

인류를 상대하는 데 집중했던 신지호의 두뇌 회전은 갑자기 상대가 신족으로 바뀌자 쉽게 전환이 되지 않았다. 때문에 3세트가 시작되고서 너무 이른 시간에 출몰한 광신도 2명은 신지호의 정신이 번쩍 들게 했다.

—센터 2참회실!

—초반 끝내기를 하나요?! 정말 과감합니다, 이신 선수!

'큭!'

이제 보병 1명이 생산된 신지호는 크게 당황했다.

—으악!

심지어 보병이 광신도 2명의 공격을 받고 죽어버렸다.

건설로봇들의 블로킹을 피해 들어간 광신도 컨트롤이 빛을 발한 것이다.

—저러면 망했죠!

—너무 어렵습니다, 신지호 선수!

광신도들은 계속해서 건설로봇들을 처치하고, 병영에서 보병이 생산될 때마다 족족이 사살했다.

대형 스크린에 두 사람의 얼굴이 차례로 내비쳤다.

냉정한 이신. 그리고 낭패와 분노가 얼굴에 드러난 신지호.

결국 신지호는 GG를 선언했다.

—아아! GG!

—이신 선수의 기습에 완전히 걸려들었습니다. 그렇죠, 기분 좋게 정면 승부만 해주는 사람이 아니에요, 이신 선수는!

신지호는 분노를 느꼈다.

전략이라지만 이렇게 비겁한 기습을 걸어온 이신에게, 그리고 맥없이 당한 스스로에게 화가 났다.

1세트와 2세트가 시원시원하게 원 없이 싸운 승부였다면, 이번 3세트는 너무나 허망한 패배였다.

스코어 1점을 도둑맞은 기분. 작년에 3 대 0로 처참하게 패배했던 일이 떠올랐다.

'잊고 있었다. 이게 저 자식이지.'

이신은 기분 좋은 패배를 선물해 주지 않는다.

내장이 끊어지고 위장에 구멍이 뚫릴 것 같은 정신적인 데미지를 선사한다.

'이렇게 스코어를 내주다니.'

아직 두 세트가 남았다. 한 번만 더 지면 패배였다.

이신은 아직 숨겨온 비장의 한 수가 있을 것이다.

'정신 똑바로 차려야 해.'

이신은 남은 1승을 가지러 온다.

절대로 내줘서는 안 된다.

'디펜스다.'

마법의 주문처럼 속으로 되뇌었다.

'내겐 그것밖에 없어. 철통같이 막고 또 막으면 이기는 건 나다. 그거면 되는 거야. 그게 나야!'

한편,

'이제 됐군.'

이신은 냉정하게 생각에 잠겼다.

5판 3선 다전제의 꽃은 바로 선수들의 수 싸움. 전 판에서 어떤 전략을 썼으니 이번에는 이런 수를 쓸 것이다.

그런 심리전이 묘미였다.

수 싸움은 현재까지 이신이 짜놓은 각본대로 되어가고 있었다.

처음 1, 2세트는 인류 대 인류. 그중 1패 정도는 허용할지도 모른다고 생각했다.

어쨌든 그렇게 인류를 두 번 보여준 뒤에 3세트에서 기습적인 신족, 그것도 센터 2참회실.

예정대로 스코어가 2 대 1이 되었다.

이제 파리SCC의 연습실에서 엔조 주앙을 상대로 선보였었던 그 전략을 꺼내들 때가 왔다.

이걸로 부족한 1승을 마저 채우면 된다.

문득 무대의 중앙을 바라보았다.

그곳에 금색으로 번쩍이는 우승패가 있었다.

손을 뻗으면 닿을 것 같았다.

제4장

귀환

—4세트 맵은 신성한 잔흔입니다.

—지난 전적을 봐도 인류에게 웃어주는 맵이죠.

—그렇습니다. 인류 대 신족의 승률이 59 대 41이니까요. 아, 그런데 이건 또 의외네요. 이신 선수가 또다시 신족을 선택했습니다.

—신성한 잔흔에서 신족을 택할 거라고는 또 예상을 못 했을 겁니다!

—이신 선수는 이제 이 한 세트만 더 잡으면 됩니다! 반면에 신지호 선수는 이 고비를 넘겨야지요?

—그렇습니다. 신성한 잔흔에서 신지호 선수의 승률은 좋은 편이니만큼 한 번 기대해 볼 만할 것 같습니다.

—여기서 끝날지, 5세트까지 갈지! 자, 4세트 경기 시작하겠습니다!

그렇게 운명의 4세트 경기가 시작되었다.

"진짜 신족 하는구나."

박영호는 너무 놀란 나머지 기가 막혀서 중얼거렸다.

이 중요한 결승 무대에서 자기 메인 종족이 아닌 다른 종족을 쓸 줄은 몰랐다.

"그러게. 3세트 때 보니까 광신도 컨트롤 장난 아니더라."

옆자리의 최영준도 놀라기는 마찬가지였다.

광신도는 단순한 근접 전투 유닛이 아니었다. 양팔에 장착된 칼날의 길이는 2칸. 그 2칸의 공격 거리를 잘 활용하는 것이야말로 초정밀 컨트롤의 핵심이었다.

신족을 메인 종족으로 삼고 있는 수많은 선수들도 제대로 못하는 그 컨트롤을 이신은 완벽하게 펼쳤다.

가까이 붙어서 한 방. 도망치면 즉시 따라붙으며 2칸 거리에서 또 한 방. 그런 엄청난 무빙으로 이신은 신지호를 3세트에서 꺾은 것이었다.

"이번에도 또 센터 참회실로 승부 볼 생각은 아닐 텐데."

"그렇지. 지호 형도 그것만 조심하면 운영 싸움에서 안 진다는 마인드겠지."

"신지호 상대로 서브 종족을 골라서 운영 싸움? 아무리 신이래도 이게 가능할까?"

"뭔가 준비한 게 있는 건 확실한 것 같은데. 신성한 잔흔에서 굳이 신족을 고른 걸 보면."

4세트를 지켜보는 두 사람의 표정은 매우 진지했다.

이 4세트의 결과에 따라서 향후의 프로리그의 양상이 상당히 달라진다.

쌍영이라 불리는 박영호와 최영준. 두 사람에게 이신을 꺾어야 한다는 숙제는 팀의 에이스로서 가지는 피할 수 없는 숙명이었다.

그런데 이신이 인류는 물론 신족까지 잘 다룬다면, 앞으로 그와의 대결을 준비할 때 고려해야 할 변수가 너무 많아지는 것이었다.

* * *

신지호는 대신족의 정석적인 빌드 오더를 밟아나갔다.

이른 초반, 기동포탑 1기가 생산되자 보병 6명, 건설로봇 1기와 함께 공격에 나선 신지호.

—신지호 선수가 먼저 치고 올라갑니다. 상대를 앞마당까지 압박해 놓고서 안전하게 앞마당 확장 기지를 가져갈 생각입니다.

—추가로 생산된 고속전차가 합류. 그렇다면 현재 기갑부속 연구소에서 개발 중인 것은 지뢰죠?

—예, 지뢰만 매설해 놓고 바로 빠지겠죠. 여기서 강하게 푸

시해서 상대에게 타격을 입힐 정도로 신지호 선수가 공격적인 선수는 아니거든요.

—물론 1세트 때처럼 신지호 선수가 다른 면모를 모일 수도 있긴 하겠습니다만, 상대가 또 이신 선수거든요. 라스베이거스에서 했었던 이벤트 매치 때 이신 선수가 보여준 거신병기 컨트롤이 굉장히 무서웠잖습니까?

—그렇습니다. 과연 이신 선수는 이걸 어떻게 받아칠지?

일명 페이크 더블(Fake Double).

진출하는 척 상대를 위협하면서 안전하게 앞마당 확장 기지를 가져가는 인류의 정석 전략이었다.

거꾸로, 앞마당 확장 기지를 가져가는 척하고 병력을 더 생산·투입해 끝내기를 하는 패턴도 있지만, 신지호는 주로 전자의 방식을 채택하곤 했다.

살살 전진하며 압박을 해오는 신지호. 이신은 3기의 거신병기로 신간을 벌며 그런 신지호의 전진을 늦췄다.

—으악!

—으악!

거신병기가 뒤로 물러나면서 레이저빔을 쏘았다.

정교한 무빙에 보병이 한 명씩 죽어나갔다.

애당초 같이 나온 보병 6기는 거신병기로부터 기동포탑을 지키는 총알받이 같은 존재였다. 하지만 이신이 거신병기를 계속 컨트롤해 가며 저항하자, 보병의 숫자가 급격히 줄어들었다.

신지호 측에 고속전차 1기가 합류할 때쯤, 이신 역시 거신병기 1기가 충원되었다.

길목마다 지뢰를 매설하며 전진하는 신지호의 압박.

그런데 그때였다.

이신은 벼락 같이 달려들어 일점사격으로 고속전차를 파괴했다. 그리고 또 한 걸음 전진하면서 남은 보병 2명을 일격에 사살했다.

거신병기 2기 당 보병 1명을 찍은 정교한 순간 컨트롤이었다. 그리고 그다음 일격으로는 따라온 건설로봇 1기마저도 사살.

삽시간에 신지호는 기동포탑 1기만 남아 있게 되었다.

—어어어! 이신 선수의 맹렬한 반격! 밀리고 있다가 갑자기 덤벼서 물어뜯습니다!

—당장 후퇴해야 합니다! 여기서 기동포탑을 잃으면 피해가 막심해지죠!

신지호는 급히 기동포탑을 도망치게 하면서, 거신병기들을 지뢰가 매설된 쪽으로 유인했다.

하지만,

퍼엉!

매설된 지뢰가 튀어나오자마자 이신의 거신병기들이 일점사격으로 제거해 버렸다.

—지뢰가 매설된 위치가 어디였는지 기억하고 있어요!

지뢰 2개를 전부 제거한 뒤, 기동포탑을 좇아가는 거신병기들!

후속 생산된 고속전차 2기가 급히 달려와 구원하러 왔다.

이신 측에서도 병력이 충원되었는데, 열심히 달려오는 그 유닛은 광신도였다.

—광신도까지 합류했습니다!

—다시 교전! 고속전차들이 계속 지뢰를 매설하면서 저지선을 구축하려는데… 아아!! 거신병기가 계속 일점사로 지뢰를 족족 없앱니다.

—뭐 저렇게 생겨먹은 컨트롤이 다 있나요!!

흥분한 해설진의 드립에 관객들이 웃음과 환호를 동시에 터뜨렸다.

거신병기의 어마어마한 컨트롤 무빙. 그러는 와중에 광신도가 저돌적으로 돌격했다.

매설되었던 지뢰 1개가 광신도를 인식하고 땅속에서 튀어나왔다.

지뢰가 광신도를 향해 날아갔다. 광신도는 지뢰를 끌어당기며 그대로 기동포탑에게 붙었다.

퍼어어엉!

"우와아아아아!!"

"꺄아아아악!!"

쩌렁쩌렁한 환호!

—지뢰 역대박!

—기동포탑과 고속전차들까지 지뢰에 휘말려 버렸습니다!

—광신도의 장렬한 산화! 이러면 이신 선수는 거침이 없죠!

—신지호 선수, 발등에 불이 떨어졌습니다!

거신병기들이 신지호의 앞마당까지 들이닥쳤다. 하지만 다행히 신지호는 디펜스를 해놓았다.

언덕 위에 기동포탑 1기가 자리 잡고 포격모드로 전환. 앞마당에서 일하던 건설로봇들이 일제히 뛰쳐나와 거신병기들을 막아섰다.

이신은 뚫을 수 없다고 판단, 그대로 병력을 물렸다.

—한 차례의 폭풍이 지나갔습니다.

—정말 무서운 역습이었습니다. 보통 이때쯤 앞마당까지 압박을 받은 쪽은 신족이어야 하거든요? 신지호 선수가 딱히 실수한 것도 없었는데, 이렇게까지 역공을 받아버렸습니다.

—같은 병력을 쥐어줘도 이신이 잡으면 정말 무섭습니다!

—이신 선수는 이제 여유가 생겼죠. 당장 2번째 확장 기지를 가져가도 될 텐데요?

—그런데 저 본진 구석에 짓고 있는 건물이 뭐죠?

신호탑과 우주공항이 건설되고 있었다.

소환관문 2개와 신호탑 1개.

소환관문은 머나먼 우주의 행성으로부터 신족의 함대를 소환해 오는 관문. 한마디로 신족의 비행 유닛 생산 건물이었다. 이 건물에서 생산되는 비행 유닛은 사략기, 항공모함, 아바타 등이 있었다.

—소환관문과 신호탑입니다!

—신호탑을 짓고 있다는 것은, 항공모함이죠!

—아까의 교전에서 엄청난 이득을 본 이신 선수거든요. 그 이득을 바탕으로 벌써부터 항공모함을 뽑습니다!

—항공모함을 6기까지 모아서 지상군과 같이 밀어붙이겠다는 뜻이죠. 신지호 선수가 저걸 알아야 할 텐데요?

이신은 2번째 확장 기지를 가져가지 않고 계속 병력을 뽑았다.

광신도와 거신병기를 꾸준히 생산했다. 그리고 완성된 소환관문에서도 비행 유닛이 생산되기 시작했다.

소환관문에서 생산된 유닛은 바로…….

—사략기?!

—항공모함이 아니라 사략기가 나왔습니다!

사략기는 지상 공격을 못하는 대신 공중전에 특화된 비행 유닛이었다.

하지만 인류가 신족을 상대로 비행 유닛을 뽑을 일은 없었다.

때문에 인류 대 신족전에서는 좀처럼 등장하지 않는 유닛이었다.

—저건 사략기의 전파방해 스킬을 쓰겠다는 건가요?!

—그것밖에 없는데요? 언덕 위에 포진한 기동포탑들을 전파방해로 공격불능으로 만들어놓고 지상군으로 돌파하겠다는 의도로 보이는데……!

경기장이 술렁였다.

관객들은 이신이 보이는 돌발적인 전략에 당혹감을 감추지 못했다.

—저건 공식전에서 몇 차례 나온 적은 있었습니다만 전부 실패로 돌아갔죠. 인류가 기계보병을 적절히 포함시킨 병력 구성만 갖춰도 저 사략기·지상군 조합보다 더 우위를 갖거든요!

—그걸 모를 리 없는 이신 선수죠. 다행히 지금 신지호 선수는 이신 선수의 사략기를 몰라요! 저걸 들키지 않고 계속 비밀을 유지했다가 한 방에 승부를 걸어야 합니다!

사략기가 모였다.

이신은 승부에 나섰다.

진군하는 지상군.

사략기 편대는 최후의 순간까지 들키지 않기 위하여 멀리 우회하여 움직였다.

목표는 신지호의 본진이었다.

신지호 또한 병력을 전진 배치시켜 방어선을 구축한 상태.

통상적으로 저 잘 짜인 인류의 방어선을 신족이 그대로 들이받는 짓은 무모하기 짝이 없는 행위였다.

*   *   *

'와봐.'

신지호는 자신만만했다.

위기도 잠시 있었지만 신지호는 운영으로 극복해 내고 다시금 디펜스 태세를 완비했다.

이번 한 타만 더 버티고 장기전에 들어가면 승기를 쥘 수 있다고 판단했다.

마침내 이신이 접근했다. 승부를 결정짓는 중요한 대회전이 펼쳐지려는 순간이었다.

문득, 좌측 방면에서 웬 비행 유닛 편대가 날아들었다.

'…사략기?'

그리고…….

파파파파파파팟!

눈부신 백색의 섬광 같은 이펙트(efact)가 삽시간에 화면을 가득 매웠다.

사략기들이 전파방해를 펼친 것이다.

―와아아!! 전파방해가 정말 엄청난 속도로 펼쳐집니다!

―그 와중에 지상군 컨트롤까지! 저게 사람 손입니까!! 저렇게 빠를 수가 있나요?!

전파방해는 한 지점에 있는 유닛들을 공격불가 상태에 빠뜨리는 것.

저렇게 온 화면을 가득 채우려면, 사략기 1기 1기가 일일이 스킬을 사용해야 한다. 또한 사략기만 붙잡고 있다가 지상군 컨트롤을 못해 말아먹을 위험도 있었다.

그런데 이신은 그것을 급속도로 해내버린 것이었다.

신지호의 대응도 빨랐다.

기동포탑들이 일제히 포격모드를 해제하고 전파방해가 펼쳐진 지점에서 빠져나와 살짝 물러선 채로 다시 포격모드로 전환

했다.

그랬다.

이것이 사략기의 전파방해가 쓰이지 않는 이유였다. 그냥 물러나면 되기 때문이었다.

그런데,

파파파파파파팟!

이신은 다시 한 번 엄청난 속도로 전파방해를 펼쳤다.

*　　　*　　　*

경기장의 대형 화면에 이신의 개인 화면이 잡혔다.

마우스 커서가 미친 듯이 움직이며 전파방해를 온 화면에 수놓았다.

하나같이 절묘하게 기동포탑들이 자리 잡은 곳에 펼쳐졌다.

그러면서 광신도가 돌격해 가까이 붙고, 거신병기는 레이저 빔을 쏘고 한 발 전진하고, 쏘고 전진하고…….

"꺄아아아악—!!"

경기장은 비명과 환호로 가득 채워서 귀가 먹먹해질 지경이었다.

이어서 대형 화면에 놀란 관객들의 얼굴이 잡혔다. 넋을 잃은 최환열과 유설희 커플도 보였다.

그 옆에 '여친 구함'이라고 쓰인 피켓을 든 채 멍한 표정을 짓는 박영호가 화면에 잡히는 바람에 깨알 웃음을 선사했다.

그 옆으로 최영준도 경악한 것은 마찬가지였다.

모두가 경악했다.

탁상공론일 뿐 실현이 불가능한 저 전략을 이신이 들고 나온 이유는 단 하나.

…가능한 거였다.

손이 저렇게까지 빠르고 정교하면 되는 거였다.

신지호의 방어선이 뚫려 버렸다. 경기장의 열광은 그칠 줄을 몰랐다.

*　　　*　　　*

멈추지 않았다.

방심하지도 않았다.

이신은 끊임없이 추가 병력을 보내며 공세의 끈을 잠시도 늦추지 않았다.

포기하지 않았다.

투지를 잃지 않았다.

신지호는 마지막까지도 희망을 잃지 않은 채 최선을 다해 방어했다.

건설로봇까지 뛰쳐나와 맞서 싸우며, 신지호는 독종처럼 버티고 또 버텼다.

어떻게 올라온 결승 무대란 말인가?

다시 또 이 자리에 설 수 있다는 기약이 있단 말인가?

결코 맥없이 빛나는 무대의 뒤안길로 퇴장하지 않을 것이다.
힘없이 GG를 치지 않겠다.
도저히 가망이 없더라도, 끝까지 싸워서 장렬하게 산산이 부서질 것이다.
설령 그것이 더욱 승자를 빛나게 해주는 일이라 해도 말이다.
'그래, 어디 죽여 봐! 날 짓밟아보란 말이야!'
거신병기들이 기동포탑에 일점사격을 가했다.
건설로봇들이 일제히 달라붙어 기동포탑을 수리했다. 가까스로 버텨가며 계속 포격을 뿜는 기동포탑. 이신의 손끝에서 움직이는 거신병기들은 타깃을 건설로봇들로 바꿨다.
3기당 건설로봇 1기씩을 분산 조준하는 초정밀 컨트롤.
—퍼엉!
—퍼엉!
정말 현란하게 움직이는 신족의 맹공이었다.
건설로봇끼리 수리를 하며 버텼다. 그러자 다시 타깃이 바뀌어 기동포탑에 일격을 가한다.
—퍼어엉!
폭발하고야 마는 기동포탑.
건설로봇들이 본진으로 올라가는 출입구를 틀어막았다.
그 위로 띄워 올린 앞마당의 통제사령부 건물로 가려서 타겟팅을 못하게 했다.
앞마당 확장 기지를 들어 올리게 만들었지만, 그 탓에 본진에 쳐들어가지 못하고 앞마당에 머무는 이신의 병력들.

본진에서 막 생산된 소수의 기동포탑이 불꽃을 뿜었다.

포격에 두들겨 맞은 광신도와 거신병기가 죽어나갔다. 하지만 물론 그렇게 당하고만 있을 이신이 아니었다.

파파파팟!

어느새 스킬에너지가 다시 찬 사략기들이 다시금 전파방해를 뿌려 기동포탑들을 공격 불능으로 만들었다.

화면에 백색의 스킬 이펙트가 터질 때마다 경기장이 환호성으로 울려 퍼졌다.

—정말 처절합니다! 끝까지 포기하지 않고 싸우는 신지호 선수!

—정말 디펜스의 명인다운 모습이지요! 아아, 하지만 6시 확장 기지까지 광신도들이 들이닥치네요. 공격 안 받는 곳이 없어요!

—이신 선수의 진영에서 수송기가 내려오고 있습니다. 이제 그만 게임 끝내겠다는 겁니다!

수송기가 광신도 4명을 태워서 신지호의 본진에 드롭했다.

계속 병력을 실어 나르며 신지호의 본진을 습격했다.

막 생산된 고속전차가 지뢰를 매설했지만, 1개를 채 매설하기도 전에 일점사격을 받아 폭사했다.

지뢰 또한 땅속으로 묻히기도 전에 공격 받아 제거당했다.

그 와중에도 건설로봇들이 이신의 병력을 에워싸 저항했다. 하지만 체력이 강한 신족의 병력은 건설로봇들의 저항이 먹히지 않았다.

그 와중에 본진의 통제사령부 옆에 건설되는 참호! 참호 안에 막 생산된 보병 2명이 들어갔다.

이신의 병력이 참호를 맹공격했다.

건설로봇들은 참호를 빙 에워싸 수리했다. 눈물겹게 처절한 저항이었다.

—아… 이제 승부가 났습니다.

—신지호 선수도 물론 압니다. 너무 아쉬워서 GG를 칠 수 없는 것뿐입니다.

—하지만 정말 잘 싸웠습니다, 신지호 선수.

—그렇습니다. 1세트에서 보여주었던 파격적인 공격력과 2세트에서의 철벽같은 디펜스! 신지호 선수도 정말 이신과 자웅을 겨룰 자격이 충분한 결승 무대의 주인공이었습니다.

마침내…….

—GOD_JiHo : GG

—Kaiser : GG

"와아아아아!!"

쩌렁쩌렁한 함성이 울려 퍼졌다.

신지호는 터져 나오려는 눈물을 참으며, 자신을 비추려는 카메라로부터 등을 돌렸다.

이신은 부스에서 나와 무대 중앙으로 걸어 나왔다.

관객석 한복판으로 이어지는 중앙으로 천천히 나아갔다.

"신! 신! 신! 신!"

그것은 황제의 행진이었다.

관객석으로 빙 둘러싸여진 둥그런 모양의 중앙 무대 한가운데에 찬란하게 빛나는 것이 보였다.

황금빛으로 빛나는 그것은 우승패였다.

한때는 정말 지겹게 땄던 것이었다.

익숙하게 걸어 나가 저것을 쥐었던 적이 한두 번이 아니었다.

하지만 오늘, 그때나 지금이나 변함없는 모양의 저 익숙한 것이 왜 이렇게 낯설게 느껴지는지 이신은 그 이유를 알 수 없었다.

집에 쌓여 있는 이것이 왜 이렇게 갖고 싶었던지…….

'이겼다.'

비로소 살갗에 와 닿는 감각.

익숙한, 그러나 너무 익숙한 나머지 무감각해진 지 오래된 그 희열.

우승패에 손을 뻗었다.

그것을 불끈 움켜쥐고 하늘 높이 뻗었다.

'내가 이겼다.'

수만 관객을 향해 세리머니를 펼치며 이신은 승리를 만끽했다.

봐라!

내가 또 이겼다.

결국 돌아와 이렇게 승자가 되었다.

관객들이 일어나 박수를 치기 시작했다. 그것은 기립 박수였다.

데뷔 첫해에 무패우승을 이뤘던 그때처럼 모든 팬이 그에게 보내는 경외와 찬사였다.

—여러분, 신이 돌아왔습니다!

—크나큰 상처를 극복하고 수많은 적수를 꺾고 올라와 마침내 다시 자신의 권좌를 수복했습니다! 여러분, 이신은 아직도 여전히 세계 최고의 프로게이머입니다. 그의 이야기는 아직 끝나지 않은, 현재 진행형의 전설입니다!

2020년 후반기 개인리그.

우승은 이신이었다.

* * *

—이신, 신지호 상대로 3승 1패 완승!

—이신, 2020 후반기 개인리그 우승

—이신, 환상의 '사략 병기' 플레이로 우승패 차지 '신의 귀환'

—해설위원 정승태 "이신의 신화는 아직 현재 진행형" 격찬

—5만 관중의 기립 박수, 캐스터 이병철 "사람이 할 수 있는 플레이 아냐"

—회생 불능의 부상에서 왕좌 복귀까지, 이신 '인간 승리'

—세계 SC 협회 "절망 딛고 부활한 불세출의 황제" 공식홈페이지 메인 등재

우승 상금 2억과 함께 이신은 찬사 속에서 자신의 완전한 부활을 선포했다.

그의 나이 25세. 26세에 우승을 했었던 최환열 다음으로 나이가 많은 우승자였다.

그가 선수 활동을 하지 못했던 지난 1년 동안에도 시대는 흐르고 전략·전술은 발전을 이루었지만 그는 그것을 따라잡고 예전보다 발전한 자신의 모습을 보여주는 데 성공했다.

여전히 공격적이고 스타일리시하며, 심지어 신족까지 구사하며 더욱 특이해졌다는 평가였다.

이번 대회에서 황병철, 최영준, 신지호를 꺾음으로서 이제 한국 최고의 프로게이머는 논란의 여지가 없이 이신으로 인정받게 되었다.

기록이 또 하나 있다면 역대 최고의 흥행을 올린 개인리그였다는 점.

유료 스트리밍 생중계 서비스를 한 IT그룹 올도어는 대박을 터뜨렸고, 이신이 여전히 최고의 흥행카드라는 것이 입증되었다.

한편, 우승을 한 다음 날 한 장의 사진이 인터넷을 뜨겁게 달구었다.

일명 '신의 만행'이라는 제목으로 SNS에 올라온 한 장의 짤!

종이 박스 안에는 이신이 그동안 땄던 우승패와 MVP상과 프로리그 우승컵, 심지어 3개의 금메달까지 담겨 있었다. 잡동사니처럼 쌓아놓은 채 방치되어 먼지가 쌓여 있는 엄청난 모습이었다.

차이가 올린 그 사진은 네티즌의 수많은 지탄을 받았다.

—똑바로 관리 안 하냐?!

—존나 많다 이거지 뭐…….

—헐ㅋㅋㅋㅋ 너무 많아서 감당 안 됨.

—프로게이머들이 이걸 보고 혈압이 상승합니다!

—황병철이 이 사진을 싫어합니다.

—제목 : 갖고 싶니? 하나씩 줄까?

—ㅋㅋㅋ골 때린다.

—좀 잘 닦아서 멋지게 전시해 놔라!

—금메달에 먼지 쌓인 것 보소ㅎㄷㄷ

—클래스 보소ㄷㄷ

다음 날, 최환열의 주도로 이신의 우승을 축하하는 가벼운 파티가 있었다.

파티라고 해봐야 이신과 제자들, 그리고 최환열과 유설희가 이신의 집에 모여서 식사를 하는 간단한 자리였다.

유설희가 식재료를 잔뜩 싸와서 요리를 했고, 최환열은 그 와중에도 양해를 구하고 캠코더로 개인 방송을 켜는 BJ 근성을 보였다.

이신은 최환열에게 신세 진 게 있어서 개인 방송을 허락해 줬는데, 우승한 지 이틀밖에 안 지난 까닭에 시청자가 어마어마하게 급증하였다.

프로 BJ 최환열은 놀랍게도 장식장을 사와서 조립하고 이신의 먼지 쌓인 우승패와 금메달 등을 잘 닦아서 전시하는 방송 콘텐츠를 선보였다.

"하아……! 얘는 금메달이 왜 이렇게 많냐. 난 하나도 없는데……."

은메달만 2개를 땄던 최환열의 신세 한탄. 그럴 때마다 별사탕이 펑펑 터졌다.

때때로 유설희를 도와 요리를 하는 주디의 모습도 개인 방송에 등장하자 별사탕은 더더욱 폭발했다.

요리가 성대하게 차려진 식탁에 모여 앉아 먹방과 토크가 이어졌는데, 최환열과 유설희는 가려운 곳을 긁어주듯이 시청자들이 가장 궁금해하는 질문을 던졌다.

"이번 대회에서 가장 힘들었던 상대가 누구야?"

"신지호."

"오, 역시 결승이 가장 어려웠다?"

이신은 고개를 끄덕였다.

"황병철하고 최영준이 좀 더 제대로 실력 발휘를 했으면 모를까."

"그럼 가장 아쉬웠던 상대는 누군데?"

"최영준."

이신은 단호히 대답했다.

"준비가 부족했어. 한창 소속 팀이 프로리그 포스트시즌을 치르고 있어서 그런지 몰라도."

"좀 더 확실하게 준비했더라면 얘기가 달라졌을지도 모른다?"

"어."

"오, 남 칭찬을 다 하고 얘가 확실히 좀 달라지긴 했어."

"원래 칭찬에 인색하지는 않아."

"예전에는 만날 독설만 했잖아, 이 중2병 환자 같은 녀석아."

중2병이라는 말에 시청자들이 낄낄거렸다.

눈살을 찌푸린 이신이 툭 내뱉었다.

"예전에는 칭찬할 인간들이 없었지."

"그거 나 들으라고 한 얘기냐!"

벌컥 화를 내는 최환열 때문에 채팅창에 웃음이 더욱 폭발했다.

개인 방송은 크게 흥했다.

최환열과 유설희는 다양한 콘텐츠를 선보이면서 프로 BJ의 저력을 보여주었다.

최고급 와인 박스를 잔뜩 꺼내 놀라게 하더니, 그 안에서 소주가 나와서 모두를 웃게 했다.

집 어딘가에 숨겨져 있는 Player_SIN의 가면과 음성변조기를 찾는 게임까지 벌여서 이신을 당황케 하기도 했다.

"한잔할래?"

식사와 방송이 모두 끝난 후.

최환열과 이신은 조용한 서재에서 단둘이 마주 앉았다. 최환열이 건네는 맥주 캔을 이신은 순순히 받아 들었다.

"술 안 해."

"쯧쯧, 인생의 낙을 모르는구먼."

그렇게 말하는 최환열도 선수 시절에는 술을 입에 댄 적이 없었다.

맥주를 마시면서 최환열은 서재의 책장에 빼곡하게 꽂혀 있는 파일을 바라보았다.

"이게 다 뭐야?"

"읽어봐."

A4용지를 모아놓은 파일 케이스인데, 책 앞면에는 제목으로 프로게이머들의 이름이 적혀 있었다.

쭉 둘러보다가 최환열은 자신의 이름도 발견했다. 파일 케이스를 꺼내 펼쳐 보았다.

'헉!'

깜짝 놀랐다.

자신이 선수 시절에 펼쳤던 모든 전략·전술의 패턴 추이가 분석되어 있었다.

"이게 뭐야?"

"옛날에 분석했던 거. 이기려면 상대를 알아야 할 거 아냐."

서재에 가득 채워진 파일 케이스들은 전부 이신의 현역 시절에 활약했던 선수들의 것이었다.

지금까지 이신은 그런 식으로 상대를 모조리 분석했던 것이다.

분석하고 낱낱이 파헤쳐서 경기장에서 만나면 약점을 철저히 찔렀다.

"선수 생활 하면서 이런 것까지 하려면……."

최환열은 질려 버렸다.

이런 분석과 정리까지 다 하려면 정말 잠자는 시간도 줄여가며 게임에 매달려야 한다.

어째서 이신이 무패우승을 했는지, 그리고 상대가 없었는지 알게 해주는 모습이었다.

아예 혼자서 선수와 코치는 물론 외국 프로 팀의 전략실의 역할까지 겸한 셈이었다.

잠시 서재를 가득 채운 파일 케이스를 보던 최환열이 입을 열었다.

"하자."

"뭘?"

"신생 프로 팀 같이 해보자고. 너 감독 겸 선수 하고 나 수석코치 하고."

제5장

창단

—2020년 프로리그의 최종 우승 팀은 쌍성전자가 되었습니다!

—작년에 이어 올해까지! 바야흐로 한국 e스포츠는 쌍성전자의 판도가 된 게 아닌가 싶습니다! 쌍성전자, 정말 대단합니다! 명실상부한 한국 최고의 명문 팀으로 자리매김했습니다!

무대에 뛰쳐나온 쌍성전자의 선수들이 감독·코치와 함께 샴페인을 터뜨리고 축제를 벌였다.

바야흐로 쌍성전자의 전성기였다.

쌍성전자는 연승 행진으로 끝내 우승을 가리는 포스트시즌을 자신들의 축제로 만들었다.

초대형 신인 최영준과 야심차게 영입한 신지호를 비롯하여

내로라하는 일류급 프로게이머들을 영입한 결과였다.

MVP는 이견의 여지가 없이 최영준이었다.

끝내 개인리그 우승을 달성 못 한 한을 풀 듯, 최영준은 포스트시즌 내내 괴력에 가까운 경기력을 발휘했다.

함께 쌍영이라 불리는 라이벌 박영호와는 그야말로 불꽃 튀는 대결을 펼쳐서 수차례 명경기를 만들어내기도 했다.

쌍성전자와 JKT가 1, 2위를 다투는 관계였기에 그들의 에이스 결전은 더욱 의미가 깊었다.

쌍영은 포스트시즌을 자신들의 결전 무대로 만들어 피차 개인리그의 한을 풀었고, 박영호의 분전으로 인해 JKT는 프로리그 준우승이라는 성적을 거뒀다.

그렇게 2020년 시즌은 마무리되었다.

시즌 종료 후, 얼마 있지 않아 한국 e스포츠 협회가 1부 리그의 규모를 기존의 8팀에서 10팀으로 늘리겠다고 발표했다.

이에 따라 특별히 2부 리그에서 프로리그로 승격될 팀을 2팀으로 늘렸고, 프로리그에서 최하위를 기록한 팀 넥스트의 강등을 면제해 주었다.

이는 기존 8팀도 모두 동의한 사항으로, 리그의 규모가 커진 것은 그만큼 e스포츠에 투자하는 기업이 많아졌다는 뜻이므로 팬들도 환영했다.

한편, 승격된 2팀 가운데 한 팀은 대기업에 의해 인수되었다.

아마추어들이 모여서 결성되었던 그 팀은 기업에 의해 인수

되자마자 팀 명칭부터 바꾸었다.

올도어SCC.

그렇게 새롭게 재탄생한 올도어SCC는 이적 시즌이 되자마자 대형 발표를 터뜨렸다.

* * *

IT미디어그룹 올도어의 기자회견장.

득시글거리는 기자들이 이번 회견의 주인공들을 기다리고 있었다.

"대체 감독하고 수석코치가 누구야?"

"깜짝 놀랄 만한 인물이라고는 했는데."

"다 기대하게 해놓고 핫한 인물이 아니기만 해봐라."

"최환열이라는 소문이 있던데?"

"오, 최환열? 그럴 듯한데?"

"나도 몇 다리 건너서 들었던 것 같아."

"그러고 보니 최환열이 요즘 e스포츠 쪽에 자주 얼굴을 내비치긴 했는데."

촉이 좋은 기자들은 벌써부터 최환열이 이곳에 나타나리라는 것을 예측하고 있었다.

확실히 이신의 등장 이전, 몰락하던 한국 e스포츠 최후의 버팀목이었던 스타가 바로 최환열이었던 것이다.

거의 최환열이 확정적인 분위기 속에서 기자들의 이야기가 다른 방향으로 흘렀다.

“아무튼 최환열이 감독이 되면, 올도어SCC에서 이신을 영입하기가 쉬워지겠는데?”

“그렇긴 하지. 최환열이나 지수민 올도어 부사장이나 다들 이신하고 친분이 깊은 몇 안 되는 사람들이니까.”

“에이, 해외 거물 팀이 두 눈을 시퍼렇게 뜨고 이신만 바라보고 있는데. 걔들이 배팅할 액수를 생각해야지.”

“이신 해외 싫어하잖아. 요즘은 좀 돌아다니긴 했어도.”

“올도어도 해외 명문 팀만큼 배팅 못 할 것도 없지. 지수민 부사장이 아주 야심차게 기획한 일인데.”

“확실히 요즘 올도어 그룹 내에서 지수만의 입김이 많이 강해졌지. 요번 연이은 성공으로 회장의 신임도 깊어졌다는 소문이고.”

“부사장이 이신이라면 죽고 못 사니, 이신을 데려오지 않을 리가 없지.”

사실 강력한 스타성과 직설로 무장한 이신만큼이나, 지수민 또한 기자들이 아주 좋아하는 소재거리였다.

지수민도 신흥 재벌가에서 태어나 온갖 골 때리는 행각을 일삼아왔기 때문이다.

21세에 그녀는 대학을 자퇴하고 세계 일주에 나선 적이 있었다. 아버지인 지창현 회장이 돌아오라고 협박과 회유와 애원을 다 동원했음에도 무일푼으로 2년을 더 방랑했다.

이때의 여행기는 에세이로 출간까지 되어서 모르는 사람이 없었다.

그뿐만이 아니었다.

회사에 입사시켜 일을 시켰더니, 뜬금없이 이신의 광팬이 되어 쫓아다니느라 업무는 뒷전이고 결근도 자주 했다.

결국 진노한 지창현 회장이 집에서 쫓아내고 신용카드도 모두 정지시켰다.

아르바이트를 하며 1개월을 지내본 지수민은 그제야 차라리 회사 일이 더 쉽다는 것을 깨닫고는 용서를 빌고 복귀했다.

그 뒤에는 이신교 팬카페 운영 경험을 토대로 올도어 포털사이트의 사용자 인터페이스를 개선하거나, e스포츠 사업에 뛰어들어 잭팟을 터뜨리는 등, 사업가로서 유능한 면모를 보여 지창현 회장의 신뢰를 회복한 상태.

하지만 워낙 사고를 많이 치며 살아, 지창현 회장은 지수민에게 매우 약했다. 또 사고 치겠다고 협박하면 웬만한 딸의 부탁은 다 들어주게 되는 것이었다.

아마 이번 프로 팀 창단도 그런 맥락이 아닐까 싶은 것이 기자들의 추측이었다.

"왔다!"

"왔어!"

마침내 회견장 단상 위에 올도어SCC측의 사람이 등장했다.

가장 먼저 들어온 것은 부사장인 지수민. 예쁜 정장으로 차려 입은 그녀는 활짝 웃으며 나타나 마이크를 잡았다.

"안녕하세요. 올도어 부사장이자 올도어SCC의 단장 지수민이라고 합니다. 많은 분들이 관심을 갖고 찾아주셔서 굉장히 감사하고 있습니다."

그녀는 올도어SCC의 창단 목적에 대해 이것저것 소개하더니, 마침내 모두가 기다렸던 소개를 했다.

"그럼 올도어SCC의 감독과 수석코치를 소개해 드리겠습니다."

이어서 들어오는 첫 번째 인물은 최환열.

다들 예상을 했기에 놀라는 기자는 별로 없었다.

하지만,

"어?!"

"이신!"

"이신이다!"

"역시 이신 영입했나?!"

"근데 이신이 여기 왜 나와? 여기 감독하고 수석코치를……!"

"설마?!"

지수민은 웃으며 이신을 바라보았다.

블랙 셔츠에 블랙 슈트 차림으로 나온 이신은 마이크를 들고 기사들을 향해 말했다.

"이신입니다. 올도어SCC의 감독 겸 선수를 맡게 됐습니다."

"감독?!"

"심지어 수석코치도 아니고 감독이라고?!"

"그럼 최환열은?"

이어서 최환열도 자기소개를 했다.

"수석코치를 맡게 된 최환열입니다."

"질문을 받겠습니다. 먼저 최환열 수석코치님께 먼저 질문을 해주십시오."

지수민의 말에 기자들의 질문이 최환열에게 쏟아졌다.

"어떻게 해서 수석코치를 맡게 되었습니까?"

"원래부터 e스포츠에 대해 미련은 많이 남아 있었지만, 제 뜻과 현 리그가 잘 맞지 않는 부분도 있고, 무엇보다도 열악한 환경이 가장 많은 부분을 차지해서 그동안 선수 은퇴 이후로 프로 팀과 관련된 어떤 일도 하지 않았었습니다."

최환열은 이신을 슥 보며 말을 이었다.

"하지만 어느 날 신이가 저를 꼬드겼는데, 제대로 된 환경에서 세계 어느 팀보다도 선진적인 프로 팀을 만들고 싶다고 했습니다. 이에 대해 지수민 부사장님의 의지도 아주 강했고, 그래서 이런 결심을 하게 되었습니다."

"왜 감독이 아니라 수석코치입니까?"

"세계 최고의 자리를 노리고서 야심차게 계획된 일이니만큼, 저보다는 신이가 주역이 되어야 옳다고 생각했습니다. 신이에게 먼저 감독 제안이 갔으니 제가 그 자리를 내놓으라고 요구할 수도 없는 노릇이고요."

그렇게 말하며 너털웃음을 터뜨리는 최환열.

기사들도 따라 웃으며 분위기가 화기애애해졌다.

"결혼은 언제 하십니까!"

기자 무리 속에서 누군가가 소리쳤다.

"그런 예민한 질문하지 마세요!"

"와하하하하!"

"분명히 말했어요! 그 질문은 기사에도 올리지 마세요! 정말 우리 커플에게 예민한 사항입니다!"

웃음바다가 된 가운데, 질의응답이 이신의 순서로 넘어갔다.

벌 떼 같은 질문이 쏟아졌다.

"감독 겸 선수라는 겸직을 하게 되셨는데, 어째서 감독을 맡게 되셨습니까?"

"제 뜻대로 팀을 만들어보라는 제안을 받고 응하게 되었습니다."

"감독으로서의 목표가 무엇입니까?"

"월드 SC 그랑프리에서 저 혼자 아무리 날고 기어도 단체전 금메달만은 손에 넣을 수가 없었습니다. 아예 제 손으로 팀까지 꾸려서 그걸 따고야 말 겁니다."

기자들의 반응이 좋았다.

개인전 금메달은 실컷 땄지만 단체전은 늘 고배를 마셔야 했던 이신.

그가 이뤄보지 못했던 단 하나의 목표, 단체전 금메달을 손에 넣기 위해 이번 기회를 받아들였다.

제법 훌륭한 스토리가 나오는 기사 아닌가?

"스승이라고도 할 수 있는 최환열 씨도 끌어들이셨는데요, 감독은 최환열 씨가 아니라 이신 선수가 겸하셨습니다."

"네."

그래서 뭐 어쩌라는 거냐는 표정을 짓는 이신.

분위기가 썰렁해지려는 찰나, 기자가 황급히 제대로 된 질문을 덧붙였다.

"선수와 감독을 겸한다는 게 쉬운 일이 아닌데, 어째서 굳이 본인이 감독을 맡으셨는지 그 이유가 궁금합니다."

"선수로서 경기 준비하느라 바쁠 땐 사실상 환열이 형이 감독 역할을 하면 됩니다. 그래서 별 부담은 없을 것 같습니다."

"그럼 굳이 이신 선수가 감독을 맡으실 필요가 없지 않았을까 싶은데요."

"제 독단을 방해받지 않고 밀어붙이려면, 제 위에 아무도 없어야 했습니다."

"……."

기자들은 멍해져 버렸다.

마음대로 독단을 밀어붙이기 위하여 감독 제의를 수락했다니.

"우리나라는 개인전에서 메달을 딴 선수는 많았는데, 단체전은 메달권 문턱에도 못 가봤습니다. 그것은 선수 외에 이쪽 업계 관계자 중에서 도움 되는 인간이 없다는 뜻입니다."

이신이 단호하게 말했다.

"제 목표는 단체전 금메달입니다. 아무도 그걸 방해하게 놔두지 않을 겁니다."

"혹시 주디 선수 같은 이신 선수의 제자 분들도 모두 올도어

SCC로 이적하는 겁니까?"

"예."

"해외 유수의 팀에서 영입 제의가 들어왔을 텐데, 그쪽 명문 팀에 들어가면 더 쉽지 않았을까요?"

"예, 말 그대로 너무 쉽습니다. 편승하고 싶지 않습니다. 한국에도 기회가 있다면, 굳이 말 안 통하는 타국에 가고 싶지는 않습니다."

이신의 말이 이어졌다.

"경기장에서 환호를 하고 저에게 뭐라고 소리를 지르면 전 그것을 알아들을 수 있습니다. 말이 통하기 때문에 팬들의 목소리와 감정이 제게 들립니다. 그게 소중합니다."

"그럼 인류만 4명인데, 종족 균형이 너무 그쪽으로 쏠린 게 아닐까요?"

그 질문에 이신은 대답 대신 지수민 쪽을 바라보았다.

지수민은 웃으며 말했다.

"이적 시장은 이제 시작 아니던가요?"

감독은 이신.

단장은 이신의 팬클럽 회장.

수석코치는 이신의 가장 친한 형.

선수들 주축은 이신의 제자들!

팀을 대표하는 간판 에이스는 이신 자신!

그야말로 신을 위한, 신에 의한, 신의 팀이 탄생한 것이었다.

그런 팀이 이적 시장의 지각변동을 예고하고 있었다.

올도어는 한국 IT업계에서 알아주는 신흥 대기업. 지수민은 지창현 회장도 꼼짝 못 하는 파워 있는 여자였다. 그녀가 선수 보강을 위하여 돈을 얼마나 풀지 모두의 귀추가 주목되는 것은 당연했다.

이신은 MBS로부터 올도어SCC로 공식 이적했다.

감독 겸 선수라는 희한한 직책을 가지고, 최환열이라는 조력자까지 얻었다.

올도어SCC는 올도어 그룹에 인수되자마자 그야말로 환골탈태를 시작했다.

일단 팀의 연습실이 강남에 있는 올도어 본사 빌딩의 3층으로 이전되었다. 선수들의 숙소 또한 인접한 원룸 오피스텔을 4채나 월세로 임대해 정했고, 식사는 올도어 본사 식당에서 해결하기로 했다.

이적 시장에서 지수민은 본격적으로 움직였다.

가장 먼저 손댄 선수는 단연,

—주디스 레벨린, 올도어SCC로 이적

—'신의 제자' 주디, 스승을 따라 올도어의 품으로

—'신의 제자들' 잇달아 올도어SCC로

MBS에 있던 주디를 포함하여서 이신의 제자들이 속속 올도어SCC에 입단하였다.

SNS에 유명세만 떨쳤을 뿐, 그 실력이 베일에 싸여 있던 차이와 존에게도 관심이 집중되었다.

신의 제자라는 별칭을 가진 선수들이었다.

최소한 그 별명에 걸맞은 실력을 갖췄다면, 올도어SCC의 인류 종족 라인업은 이신까지 포함하여서 국내 최강이 될 수도 있는 것이었다.

현대 인류의 아버지라 할 수 있는 최환열까지 수석코치로 있으니 더욱 시너지 효과를 받을 테고 말이다.

문제는 신족과 괴물 라인업. 올도어SCC 소속의 선수들은 이신의 제자들을 제외하면 인수되기 이전부터 있던 아마추어 선수들뿐이었다.

물론 2부 리그에서 팀의 승격을 이끈 멤버이니만큼 프로리그에 내놓아도 손색이 없는 이도 한둘은 있었지만, 그래도 1군 주전으로 쓰기에는 많이 부족한 게 사실이었다.

그렇다고 경기에 인류 플레이어만 5명을 채워서 내보낼 수도 없는 노릇이었다. 왜냐면 프로리그 규정상 3종족이 모두 출전해야 한다는 룰이 있었기 때문이다.

출전 선수들 가운데 괴물과 신족도 최소한 1명씩은 포함되어야 하는 것이었다.

“가장 급한 건 괴물이야.”

최환열이 말했다.

이신은 고개를 끄덕였다.

“신족은 내가 커버 치면 된다고 쳐도, 괴물은 어쩔 도리가 없으니까."

"최소한 1군 주전급으로 괴물 2명에 신족 1명을 영입해야겠는데, 영입할 수 있으려나 모르겠네."

"일단 FA로 풀린 선수들 위주로 알아보자. 그리고 꼭 우리나라 선수일 필요는 없어."

그리고 올도어SCC의 레이더에 한 명이 걸려들었다.

계약 기간이 만료되어서 FA로 풀린 신족 플레이어 선수가 있었다.

바로 CT의 노장 박진수였다.

노장이라고 해봐야 이신과 같은 나이인 박진수. 나이가 들면서 피지컬이 떨어져 조금씩 반응 속도가 떨어진 그였다. 게다가 전략 전술의 트렌드가 매년 바뀌는 e스포츠의 특성상 그걸 쫓아가기에도 벅찼다.

그래도 오랫동안 프로게이머로 활약해 온 박진수가 대단한 것이었다. 이신은 논외로 치더라도 말이다.

"이야, 박진수라니. 나 한창 현역이었을 때 걔가 초대형 신인으로 굉장히 주목받았었는데. 경력만 보면 너보다 선배야, 인마."

당연히 박진수도 주목받던 시절이 있었다.

신인으로 처음 프로리그에 출전한 해에, 신인왕과 MVP를 동시에 먹은 것이었다.

개인리그의 성적은 8강 이상을 가본 적이 없었지만, 프로리그의 성적만 놓고 봐도 톱클래스라 할 수 있었다.

10대 시절의 박진수는 그 정도로 클래스가 높은 선수였던 것이다.

"어쨌든 한 다리 건너서 들어보니까 CT한테 코치 제의를 받았다더라."

"코치?"

"그래. 이제 역량도 떨어졌고 변칙적인 전략 플레이로 아직 성적을 낸다고는 하지만, 그것만 가지고는 한계가 있으니까 이제 현역 선수는 관두라는 거지."

최환열은 조금 쓸쓸한 표정으로 말을 이었다.

"CT로부터 선수 재계약 제의도 받긴 했는데, 연봉이 절반까지 삭감됐다더라. 빨리 은퇴하라 이거지."

"박진수 연습생 시절부터 쭉 CT 붙박이 아니었어?"

"왜 아니겠어. 프로게이머 인생을 쭉 CT랑 함께했지. 그래서 그나마 코치직 제의를 한 모양인데, 그래도 팀에 그만큼 공헌했던 베테랑한테 좀 너무하네."

강자존이 지배하는 승부의 세계이니 어쩔 수 없는 일이었지만, 그래도 CT의 조치는 지나치게 냉정한 감이 없지 않았다.

'베테랑이 팀에 주는 무형적인 역할이 있는 법인데, 너무 보이는 실적에만 치중하는군.'

이신은 조금 더 생각해 보다가 결정을 내렸다.

"박진수 영입하자."

"음, 확실히 신생 팀이니까 그런 베테랑 선수도 필요하겠지? 팀 분위기 메이커 역할도 하고."

"그것도 그렇고, 짜임새 있는 전략에 능하니까 선수 생활 은퇴해도 쓸모가 많아."

그렇게 결정이 되자마자 팀의 단장인 지수민에게 전화를 걸어서 알렸다.

—네, 영입할게요.

지수민의 대답은 시원시원했다. 원하는 대로 다 해줄 테니 말만 하라는 태도가 역력했다.

그렇게 박진수는 연락을 받아 강남에서 이신, 최환열과 만났다.

"오랜만이에요, 환열이 형."

"그래그래. 야, 너도 이제 술을 마실 나이가 됐구나."

맥주잔을 기울이며 최환열과 박진수가 화기애애하게 대화를 했다. 주스를 쥔 채 잠자코 있는 이신과는 대조적인 분위기였다.

박진수가 이신을 보며 웃었다.

"우승 축하해. 그 나이에 대단하다."

"별말을."

"진짜 대단해. 어떻게 손이 그렇게 움직여? 난 그거 아무리 흉내 내보려 해도 못하겠더라."

"사략기 전파방해?"

"응, 그거."

박진수가 쑥스럽게 웃었다.

"그거 자체는 얼추 흉내 낼 수 있는데, 그거랑 같이 지상군 병력을 컨트롤하는 멀티태스킹이 안 돼. 너무 정신이 없어서 서글퍼지더라. 예전 같았으면 할 수도 있었을 텐데……."

"아 자식. 인마, 그거 팔팔한 10대 중후반 애들도 못 하는 짓이야. 넌 원래 그런 스타일도 아니었잖아."

"재는 나랑 동갑이잖아요. 원래 신족도 아니었고."

"재는, 그냥 재고."

"쩝, 괜히 신이 아닌가 보다."

박진수는 진심으로 부럽다는 눈길로 이신을 쳐다보고 있었다.

이신이 입을 열었다.

"차이라고 내 제자가 있어."

"어, 알아. 우리 팀에 두 번 정도 연습하러 온 적도 있잖아."

"걔랑 연습할 때도 사략기 플레이는 10번 중에 3번 성공할까 말까였어."

"성공 확률이 30%? 근데 그걸 했어?"

"신성한 잔혼 맵에 특화된 전략인데, 그나마도 이젠 쓸 일이 없어."

"그 마음 알아. 열심히 전략을 짰더니, 한 번 써먹고 나면 다 노출돼서 다시는 써먹기 힘든 거. 아, 정말……. 리플레이가 자동 저장되는 시스템은 사라져야 돼. 나 같은 사람은 어떻게 먹고살라는 거야?"

"그건 그렇지. 나도 그 마음 잘 안다!"

최환열도 열을 높여 격하게 공감했다.

"머리에 피도 안 마른 신인 놈이 나랑 플레이한 리플레이를 들입다 분석해서 나를 낱낱이 파헤치더라. 결국은 그 어린놈의 시키한테 개인리그 4강에서 만나 3 대 0으로 떡실신했지."

"그거 내 얘기야?"

이신이 물었다.

최환열은 한심하다는 듯이 째려봤다.

"그럼 누구 얘기겠냐?"

"……."

이신은 주로 리플레이 시스템의 덕을 보는 타입이었다.

최영준의 개인 화면 영상을 보고 신족 플레이를 익힌 것만 봐도 알지 않은가.

그렇게 술자리가 무르익었을 즈음, 최환열이 입을 열었다.

"우리가 왜 불렀는지 대충 짐작하지?"

"알죠."

박진수는 웃으며 말을 이었다.

"그것도 괜찮겠네요. 환열이 형이랑 같이 한솥밥 먹으면서 애들 가르치는 것도요."

"응? 애들 가르쳐?"

"예? 그럼 안 가르쳐요?"

"아, 물론 베테랑이니까 어린 애들도 좀 키워도 되긴 한데……."

"지금 저 코치해 보라고 부른 거 아니었어요?"

"코치? 아니야."

최환열이 고개를 저었다.

이신이 말했다.

"선수로 영입하는 거야."

"하필 날?"

"아직 선수로 기용할 가치가 있어."

멍해진 박진수는 문득 짓궂은 표정으로 물었다.

"데려올 만한 애들이 없어서 그렇지?"

"그런 것도 있고."

이신은 냉정한 어조로 말했다.

"확실히 괴물이나 같은 신족 상대로는 실력이 많이 죽었어."

"그야 뭐……."

박진수는 머리를 긁적였다. 새삼스럽지도 않았다.

원래 신족 특성상 괴물에게 약하니, 괴물을 상대로 약한 건 당연지사. 같은 신족을 상대로도 관건은 빠른 확장과 물량 회전이 중요한데, 특히나 광기신족 최영준이 확립한 그 트렌드에 박진수는 따라잡지 못하고 조금 뒤쳐진 감이 없지 않았다.

"근데 인류를 상대로는 아직 괜찮아."

"나 인류전 승률도 4할 안 나오는데. 네 제자라는 애한테도 계속 졌고."

박진수는 주디에게 패배했던 기억을 떠올리며 한숨을 쉬었다.

"전략적인 플레이는 배제하고, 흔들기 위주로 가면 괜찮을 거야. 대사제나 장갑병기처럼 변수가 많은 유닛을 잘 활용하면 돼. 그쪽 컨트롤은 아직 잘되잖아."

이신이 사신의 플레이에 대한 방향성을 제시해 주자, 박진수는 멍해졌다.

"정말 내가 아직 선수로서 쓸모가 있다고 생각하는 거야?"

"어."

"아, 이거 갈등되네. 계약 기간이랑 연봉은?"

"2년간 1억 2천. 그리고 유료 영상 수익금은 별도 정산."

"유료 영상? 그건 뭐야?"

"인터넷으로 경기 다시 보기 영상 있잖아."

최환열이 대신 설명을 해주었다.

지수민이 이신에게 이야기했었던 정산 시스템에 대해서 이야기를 듣자, 박진수의 놀라움은 더없이 놀라움으로 물들었다.

"정말 그런 시스템으로 간다고?"

"어, 올도어 입장에서도 실험적으로 하는 거야. 제대로 구축된다면 선수들한테 보다 높은 수익이 주어지겠지."

최환열이 계속 말했다.

"그러고 보면 너도 은근 특이하고 재미있는 경기가 자주 나오지 않냐? 네 경기를 다시 보는 팬들도 많고, 너한텐 유리한 계약일 것 같은데."

"하죠."

박진수는 더 들을 필요도 없다는 듯이 결단을 내렸다.

"우리랑 할래?"

"예, 어차피 제 선수 생활도 슬슬 끝물인데 도박 한 번 해볼 가치가 있잖아요. 8년 동안 몸 바쳤던 팀에서는 연봉을 절반으로 삭감한다고 하고……."

"그래, 잘 생각했다! 우리 다시 짠 하자!"

최환열은 기뻐하며 박진수와 술잔을 나눴다.

그렇게 이야기를 더 나누다가 박진수가 문득 이신에게 말했다.

"괴물도 필요하지?"

"어."

"혹시 한태화라고 알아?"

"아니."

이신은 고개를 저었다.

그런데 최환열이 그 이름에 반응했다.

"한태화? 걔 CT 2군 아니냐?"

"오, 형은 아시네요?"

"알지. 예선전 경기만 봤을 뿐이지만, 걔도 좀 특이한 놈 아니었냐?"

"맞아요."

박진수가 웃으며 말했다.

"걔는 아직 19세밖에 안 된 녀석이 어떻게 된 게 저보다 훨씬 도박사예요. 황병철보다 훨씬 극단적이고."

"황병철보다 극단적이라고?"

"미끼를 던져서 상대를 속이고, 타이밍을 이상하게 꼬아버린 올인 러시라고 해야 하나? 하여간 성공하면 이기고 실패하면

무조건 지는 스타일이야."

"이제 19살짜리가?"

"응, 그래서 위험해서 CT에서도 좀처럼 출전시키지 못하는 녀석이야. 근데 종종 우리 팀 에이스인 철한이도 걔한테 당하곤 해."

"재밌겠네."

이야기를 듣던 이신이 말했다.

그런 색깔 있는 스타일을 가진 선수는 언제든지 환영이었다.

제6장

진용

"안녕하십니까—!"

이신이 첫 출근을 한 날, 연습실에 모인 선수들이 일제히 인사를 했다.

이신은 함께 출근한 주디, 존, 차이를 턱짓으로 가리키며 말했다.

"여기는 내 제자들. 앞으로 한 팀이다."

"주디스 레벨린이에요."

"존 레벨린입니다."

"차이라고 합니다."

외국인 셋이 나란히 어눌한 한국말로 인사하자 선수들의 얼굴에 웃음꽃이 피었다.

선수들 가운데에는 새로 영입한 두 명의 선수도 포함되어 있었다.

박진수.

프로게이머라면 누구나 꿈꾸는 프로리그 무대를 8년이나 누빈 베테랑.

데뷔를 꿈꾸는 2군 선수나 연습생이 수없이 많다는 점을 감안하면, 신인왕과 다승왕까지 경험했던 그의 이력은 실로 대단한 것이었다.

그리고 한태화.

CT에서 박진수와 한솥밥을 먹었던 신인 한태화는 기꺼이 올도어SCC 이적을 선택했다.

CT에 2년을 있었지만 출전 기회가 없었다. 사실상 신생팀인 올도어SCC라면 기회가 주어질 거라는 희망을 갖고 온 것.

또한 평소에 잘 따랐던 선배 박진수의 권유라서 더욱 마음이 동했다.

무엇보다도…….

'진짜 이신이다.'

한태화는 선망의 눈길로 이신을 바라보았다.

현 시대 e스포츠의 주인공이나 다름없는 이신이 이끌고 있는 팀이었다. 게다가 e스포츠에 대한 투자 의지가 확실한 올도어 그룹이 뒤를 받쳐 주고 있었다.

어느 누가 이 팀에 오고 싶어 하지 않을까?

겉으로 드러내지만 않았을 뿐, 각 팀의 수많은 선수가 이 올도어SCC에 관심을 보이고 있을 터였다.

이신이 입을 열었다.

"새로 들어온 선수들도 있고, 팀을 프로리그로 승격시켰던 주역들도 있겠지."

선수들이 서로를 바라보았다.

팀을 2부 리그 2위로 올린 주역이었던 기존 선수들도 있었다.

본래라면 한 등수 차이로 승격에 실패할 성적이었지만, 올해는 10팀 체제로 프로리그 규모를 확장하는 정책 때문에 운 좋게 승격되었다.

아무튼 현재 올도어SCC가 프로리그에 속한 팀이 된 것은 아마추어 출신인 그들의 공이 컸다.

그 공로가 인정받아 그들은 모두 선수로 계약되었다.

물론 1군 주전이 될 수 있을지는 그들의 실력과 팀 내 경쟁의 결과에 달린 일이었다.

"내가 가르친 제자들도 있고 아무튼 여러 가지로 서로 출신이 다른데, 그렇다고 서로 그룹이 갈려서 파벌 같은 게 있지 않기를 바란다. 사실 그럴 필요도 없고."

이신의 말이 이어졌다.

"내가 손목 박살 나서 은퇴했을 때, 누가 찾아와서 날 살려주겠다고, 내 인생 책임져 주겠다고 했을 것 같아? 팬들도 많았겠다, 게임 안 해도 어떻게든 먹고 살 수 있겠지 싶었을 것 같아?"

"……"

민감한 스스로의 치부를 아무렇지 않게 꺼내는 이신.

그가 말을 이었다.

"프로게이머는 실력밖에 없어. 실력이 없으면 아무도 너희를 봐주지 않아. 모여서 술 마시고 노는 데 정신 팔리지 말고, 아직 선수 생활을 할 수 있는 그 귀한 시간을 오직 자기를 갈고 닦는 데 써라. 알겠어?"

"예—!!"

선수들이 우렁차게 대답했다.

이신은 어깨를 으쓱했다.

"굳이 이렇게 얘기하지 않아도 너흰 그렇게 해야 하게 될 거야. 난 이 팀의 최고 권력자거든."

그러면서 싸늘하게 웃는다.

"내 눈 밖에 나면 누구든 그냥 짐 싸는 거야. 나한테 온정 같은 게 있을 거라고 생각하지는 않겠지?"

선수들은 두려움을 느꼈다.

아무도 이신에게 온정 같은 따스한 감정이 있을 거라고 생각하지 않았다.

온정, 배려. 그런 게 있는 사람이었으면 언론에 대고 공개적으로 상대를 가차 없이 비난하는 짓을 하지 못했을 터였다.

이신은 자신이 데려온 세 제자를 바라보았다.

"너희도 마찬가지야. 내가 너희를 아끼는 이유는 노력을 하고 있고, 노력한 만큼 실력도 발전하고 있기 때문이야."

주디, 존, 차이는 고개를 끄덕였다.

"너희가 지금의 마음가심이 변질된다면, 그때는 내가 어느 날 갑자기 내쳐 버려도 놀라지 않길 바란다."

"예!"

세 사람이 대답했다.

이신은 이제 모두를 보며 다시 말했다.

"봤지? 한 가지는 약속한다. 난 공평하다. 모두에게 똑같이 냉혹하다."

선수들은 이제 이신의 단호한 태도에 질려 버린 듯 아연실색했다.

"그리고 스스로 노력만 한다면, 노력한 것 이상으로 강해지고, 강해진 것 이상으로 성공할 수 있게 최선을 다해 도와주겠다. 그리고……."

이신은 뒤에 서 있는 최환열에게 자리를 살짝 비켜주었다.

"소개 안 해줘도 알지? 최환열 수석코치다. 평상시에는 거의 실질적인 감독 역할을 하게 될 거다."

"안녕하십니까!"

선수들이 다시 한 번 인사했다.

순박하게 생긴 최환열은 사람 좋게 웃으며 말문을 열었다.

"진짜 재수 없지?"

턱짓으로 이신을 가리키며 한 첫마디에 선수들이 웃음을 터뜨릴 뻔했다.

"더 재수 없는 건 거짓말도 과장도 안 한다는 거야. 언행일치 하나는 확실하니까, 정말 다들 각오하고 훈련에 임하는 게 좋을 거야. 다들 잘할 수 있지?"

"예—!"

"그래, 믿는다. 뭐든 고민 같은 게 있으면 내게 말하고. 자, 그럼 우리 소개는 이쯤 했고, 너희들의 자기소개는 나중으로 미루자. 아직 영입해야 할 선수도 더 있고 코칭스텝도 전혀 없어서 좀 어수선하니까."

그렇게 간단한 인사가 끝나고, 선수들은 각자 자리에서 연습에 들어갔다.

주디, 존, 차이 등은 자리가 제각각 흩어져 있었다.

박진수와 한태화도 멀찍이 떨어져 있었고, 기존의 팀원들도 배정된 자리가 한데 뭉쳐 있지 않았다. 이는 알게 모르게 파벌이 이루어지는 것을 막기 위해서였다.

"그래도 적응하려면 아는 사람 옆에 앉혀주는 편이 낫지 않았을까?"

최환열이 살짝 걱정되는 어조로 물었다.

"괜찮아."

이신은 단호히 말했다.

"아직 어려서 금방 친해져. 같이 게임하다가 친해지는 거지 뭐."

"근데 넌 왜 그러냐? 나 없었으면 넌 그냥 왕따였잖아."

"혼자만 게임 잘하면 끼지 못해."

"……."

"나 상대해 줄 수 있는 사람은 형 정도였지."

최환열은 진심으로 재수 없다는 표정으로 이신을 바라보았다.

이신은 그런 최환열의 반응을 의아하게 여겼다. 솔직하게 진심을 말했을 뿐인데 왜 저런 표정을 하는지 이해할 수 없었다.

* * *

'신족과 괴물을 지켜라!'

한국 프로 팀들에게 떨어진 당면 과제였다.

새롭게 탄생한 올도어SCC가 선수 영입을 위해 돈다발을 꺼내 들고 나섰다는 것은 모르는 사람이 없었다.

올도어SCC의 라인업 중에서 인류 플레이어는 이신을 필두로 주디 등의 제자들이 포진되어 있어서 부족함이 없었다.

하지만 그에 반해 신족과 괴물 라인은 아무래도 허술하기 짝이 없었다.

CT로부터 베테랑 박진수와 신인 한태화를 빼왔지만, 그 두 사람은 말 그대로 노장과 2군일 뿐이었다.

프로리그 경기에서 붙박이로 출전시킬 만한 선수가 부족했다.

특히나 신족은 이신이 할 수 있다 해도, 괴물은 한태화나 기존의 팀원이었던 아마추어 출신들을 가지고 버틸 수는 없는 노릇이었다.

박진수와 한태화를 빼앗긴 CT는 황급히 자기 팀의 에이스 괴물 플레이어인 이철한과 재계약을 했다.

박진수와 한태화를 잃은 건 별 피해가 아니었지만, 이철한은 얘기가 달라지는 것이었다. 특히나 박진수가 이철한과도 친했던 까닭에 더욱 위기의식을 느낄 수밖에 없는 CT였다.

2020년 프로리그에서 준우승을 차지한 JKT 또한 박영호에게 예정에 없었던 인센티브를 지급했다.

명목상으로는 팀의 준우승에 가장 크게 기여한 팀 내 다승왕에게 주는 보너스. 하지만 실제로는 팀의 에이스인 박영호를 올도어SCC에게 빼앗길까 봐 두려웠던 것이었다.

1군 주전 라인업이 부실한 JKT로서는 버팀목인 박영호가 없으면 와르르 무너져 버린다.

워낙 선수 대우가 좋은 쌍성전자는 별달리 걱정이 없었다.

올도어SCC는 본격적으로 선수 영입에 시동을 걸었는데, 화성전자가 먼저 공격을 받았다.

화성전자의 1군 선수 오창수를 영입하고 싶다는 오퍼가 들어온 것.

오창수는 화성전자에서 지난 2년간 꾸준히 주전 자리를 맡아온 선수였지만, 최근 부진을 면치 못하고 있었다.

팀 제미니는 더 큰 직격탄을 받았다.

'광전사' 오광태와 함께 제미니의 쌍두마차라 불리는 에이스 유진영에 대해 오퍼를 넣은 것.

유진영은 지난 개인리그 8강전에서 이신에게 3 대 0으로 패배한 바로 그 선수였다.

팀 제미니의 입장에서는 유진영을 잃어서는 안 되기 때문에 노발대발했지만, 유진영은 올도어SCC에 가고 싶어 하는 눈치라 곤란함을 느끼는 듯했다.

MBS의 최찬영도 영입 대상이었지만, 이신의 만류로 오퍼를 넣지는 않았다. 의리상 MBS에 더 전력 누수의 타격을 입히고 싶지 않았기 때문이었다.

결국…….

—제미니의 에이스 유진영, 올도어SCC의 품으로

—유진영 "최환열·이신과 한 팀은 내 꿈"

—유진영의 합류, 올도어SCC 강팀으로 떠오르나

—올도어SCC 지수민 단장 "아직 부족해"

3년 계약에 연봉 3억.

그리고 경기 다시 보기 유료 정산 수익의 선수 몫을 온전히 보장해 주는 조건이 들어갔으니, 유진영으로서는 아주 좋은 조건이라고 볼 수 있었다.

하지만 워낙 한국은 조직 내부의 단결이 강하고 팀을 떠나는 문제에 대해 경직된 편이라 그 이상의 영입은 쉽지 않았다.

각 프로 팀들이 올도어SCC로 떠나는 것을 배신이라고까지 표현하며 선수들을 단속하는데, 문제는 선수들이 아직 어리고 순수해서 정과 배신 같은 걸로 호소하는 어른들의 치사한 작태에 쉽게 넘어간다는 사실이었다.

하지만 올도어SCC의 추가적인 선수 보강은 엉뚱한 곳에서 이루어졌다.

"이 선수 어때요?"

지수민이 소풍이라도 온 것처럼 발랄하게 연습실에 나타나 이신과 최환열에게 서류를 내밀었다.

사나다 료(21)

소속팀 : 도쿄 소닉스

종족 : 신족

비고 : 2019년 전 일본 SC 개인전 우승, 2020년 월드 SC 그랑프리 단체전 명경기상 수상, 이신교 광신도.

마지막 한 줄에 이상한 내용이 있었지만, 어쨌든 선수에 대한 설명이 간략하게 요약되어 있었다.

"이건 도쿄 소닉스 측에서 먼저 제의가 들어온 건이에요. 사나다 료 선수 본인이 강하게 희망했다고 하더라고요."

"아, 료구나!"

최환열이 반갑게 소리쳤다.

"알아?"

"얘 유명하잖아."

"글쎄."

작년에 전 일본 SC 개인전에서 우승했다면 분명 뛰어난 성적이었지만, 일본은 게임 시장이 굉장히 큰 것에 비해 스페이스크래프트에는 그리 큰 관심이 없었다.

그래서 일본 내에서도 일부 마니아층 사이에서만 인기가 있을 뿐, 큰 인지도를 얻지는 못하고 있었다.

"내가 알아. 애 정말 인간성도 좋고 실력도 괜찮아."

"형이 어떻게 알아?"

이신이 물었다.

최환열은 자신감 넘치는 어조로 말했다.

"얘가 내 개인 방송 열혈 팬이거든."

"……."

"별사탕을 얼마나 많이 쏴주는데. 나한테 별사탕 많이 쏴주는 사람치고 나쁜 사람 없다."

이신과 지수민은 별에 대한 강한 집착을 드러내는 최환열의 BJ 근성에 할 말을 잃었다.

"료 정도면 완전 좋지. 영입하자. 실력이나 인격이나 내가 보장한다."

최환열은 큰소리를 탕탕 쳤다.

수석코치가 그렇게까지 주장하니 영입을 추진하지 않을 수가 없었다.

그렇게 올도어SCC의 진용이 슬슬 갖춰지고 있었다.

* * *

"안녕… 하세요."

어눌한 한국말로 인사하는 작은 키에 앳된 얼굴의 청년.

바로 일본에서 막 영입한 사나다 료였다.

"사나다 마사유키랑 같은 성인가?"

이신이 무심코 물었다.

료는 웃으며 고개를 저었다.

"한자… 달라요. 일본 무장 관심 있으세요?"

"그냥 취미."

'직접 붙어봤지.'

취미라고 얼버무린 대답에 료의 눈빛이 묘하게 반짝거렸다.

"사나다 마사유키도 인기지만 역시 전국 무장은 다케다 신겐이죠."

"기마군단?"

틈틈이 공부한 역사 상식이 무심코 튀어나오는 이신.

료의 눈빛이 더욱 찬란하게 반짝거렸다.

"역시 아는군요!"

"아니, 잘 아는 건 아니고……."

"그래서 제 신조도 풍림화산(風林火山)이에요. 아까 말하신 사나다 마사유키도 다케다류 군학의 계승자라고 할 수 있고요!"

어색한 한국말이 묘하게 일본 무장 얘기가 나오자 유창해진 료.

"의외다."

"신이가 그런 쪽에 관심이 있었을 줄은 몰랐네."

최환열과 선수들이 수군거렸다. 스페이스 크래프트 외에는 그 무엇도 안중에 없을 줄 알았던 이신의 새로운 면모에 모두들 놀란 눈치였다.

이상한 오해를 받았지만 이신은 개의치 않았다. 다만 계속 일본 전국 무장 얘기를 나불대려는 료의 말을 가차 없이 끊었다.

"자리에 앉아."

"네? 아, 예."

"실력 좀 보자."

"네!"

뭔가 많이 아쉬워하면서도 료는 자기 자리에 앉아 가져온 키보드와 마우스 등을 세팅했다.

료가 꺼낸 마우스패드를 보자 이신은 흠칫했다.

마우스패드에 이신의 얼굴이 프린팅되어 있었던 것이다.

이신의 이상한 시선을 받은 료는 씨익 웃으며 마우스패드를 흔들어 보였다.

"누가 취미로 만든 걸 몇 개 샀어요. 일본에 이신 팬 많아요."

"……."

"혹시 불쾌하신 건 아니죠?"

"아니, 별로."

그냥 자기 얼굴이 남의 마우스 밑에 깔려 있어서 떨떠름했을 뿐이었다.

그런데 주디와 존이 그 마우스패드에 지대한 관심을 보였다. 료가 한 장씩 주겠다고 하자 레벨린 가문의 남매는 펄 듯이 기뻐했다.

"와, 팀이 점점 이신 빠들로 채워지고 있네."

최환열이 중얼거렸다.

심지어 팀의 단장이 이신교의 교주이니 말 다한 셈이었다.

아무튼 일본에서 건너온 사나다 료의 실력은 모두가 궁금해했다.

작년 전 일본 SC 개인전에서 우승한 선수의 실력은 과연 어느 정도일지, 이신을 상대로 얼마나 할 수 있을지 다들 관심이 높았다.

이신은 자신의 메인 종족인 인류를 택했다. 신족을 고른 료와 한판 승부가 시작되었다.

"위치 대각 걸렸네."

"오, 료가 대각 정찰부터 간다."

11시의 이신.

5시의 사나다 료.

료는 곧바로 대각선으로 정찰을 가서 한 번에 이신을 발견했다.

서로 거리가 먼 대각선에 위치한다는 걸 안 료는 참회실 1개를 짓고서 곧장 앞마당 확장 기지를 가져가 버렸다.

거리가 먼 대각선상에 있으면 초반에 공격을 받을 위험이 그만큼 줄어드는 것이었다.

정찰 운이 좋지 않은 이신은 안전하게 기갑 정거장까지 테크트리를 올린 후에야 앞마당 확장 기지를 가져갔다.

자원상 불리한 출발을 하게 된 셈이었다.

시작이 반. 실시간 전략 게임에 있어서 이 진리는 더욱 비중이 크다.

"저거 만회하려면 견제 들어가거나 2번째 확장 기지를 더 빨리 가져가거나 해야 돼."

최환열이 말했다.

"감독님 성격상 견제를 하지 않을까요?"

"그게 일반적이긴 한데, 의외로 확 째버리는 선택도 곧잘 한단 말이야."

소위 프로게이머들 사이에서 짼다고 하는 표현은 디펜스에 돈을 쓰지 않고, 일꾼을 뽑거나 확장 기지를 가져가는 등 자원 확보에 주력하는 선택을 뜻했다.

그렇게 상대가 '째는' 것을 모르고 방치해 버리면, 어느 순간 자원상으로 매우 불리해져 버리는 것이었다.

"오, 확장 더 가져간다."

이신의 건설로봇이 12시 지역에 확장 기지 건설을 시작했다.

그러면서 동시에 고속전차가 튀어나와 맵 길목에 지뢰를 매설하기 시작했다.

지뢰로 방어하면서 확장 기지를 안정적으로 돌리겠다는 심산이었다.

"저거 모르면 안 되지."

최환열이 중얼거렸다.

다행히 료는 알아차렸다.

맵 센터를 장악하기 위해 나온 거신병기들이 고속전차와 마주친 것이다.

어디에 매설되어 있을지 모를 지뢰 때문에 추격하지는 않았지만, 료는 고속전차가 1기밖에 없는 걸 보고 이신이 확장 기지를 더 가져갔다는 걸 깨달았다.

그렇다면…….

"그렇지! 가야지!"

최환열이 주먹을 불끈 쥐었다.

이신이 가장 약하고 료가 가장 강한 타이밍.

먼저 앞마당 확장 기지를 돌린 료는 그 자원 우위를 바탕으로 다수의 거신병기와 광신도를 확보했다. 반면 이신은 2번째 확장 기지를 가져가느라 병력이 열세인 상황.

료의 전진이 시작되었다.

타이밍은 완벽했다. 정찰선이 나왔을 때, 수송기 1기와 그 수송기에 태울 수 있는 광신도 4명이 생산되었다.

"오, 타이밍이 딱딱 맞네."

"운영 잘하네요."

선수들이 나직이 감탄했다.

과연 작년 전 일본 우승자. 원하는 타이밍에 모든 게 딱딱 맞아 떨어지도록 생산 시간을 조율한 운영 능력이 매우 탁월

했다.

정찰선이 앞장서서 매설되어 있는 지뢰를 찾아냈다.

쫓아오는 거신병기들이 레이저빔으로 지뢰를 제거하면 광신도 4명을 태운 수송기도 쫓아온다. 그러면서도 2번째 확장 기지를 뒤늦게 따라간다.

"어?!"

"이신도 간다!"

고속전차 4기가 질주했다.

맵을 대각선으로 가로지르던 고속전차들은 진격하는 료의 병력과 맞닥뜨렸다.

휙—

보자마자 고속전차들이 곧바로 U턴을 해버렸다.

엄청난 반응 속도.

거신병기가 레이저빔 1대도 쏘지 못했을 정도였다.

"저게 25살 맞아? 어떻게 저렇게 빠릿빠릿해?"

동갑내기인 박진수가 혀를 내둘렀다.

최환열이 어깨를 으쓱했다.

"본인 말로는 그마나 저게 옛날보다 많이 떨어진 거란다."

"와, 진짜……."

박진수는 타고난 재능의 격차에 한탄이 들었다.

아무튼 고속전차 4기가 료에게 보여져 버린 것은 불운하다고 볼 수밖에 없었다.

고속전차로 견제를 가고 있다는 사실을 료에게 미리 예고해

준 셈이니 말이다.

하지만 이신은 멈추지 않았다. 시계방향으로 우회, 그대로 료의 진영으로 달려갔다.

당연히 료는 방비를 해두고 있었다.

2번째 확장 기지로 들어가는 출입구를 줄지어 건설한 3개의 생명석으로 바리케이드를 쳐놓은 상태.

고속전차는 건물 부수는 속도가 느린 탓에 저 정도만 해둬도 충분히 막을 수 있는 것이었다.

하지만 그것은 어디까지나 상대가 일반적인 인류 플레이어일 때의 이야기였다.

"와!"

"저 반칙 같은 스킬!"

이신은 지뢰 비비기로 고속전차 1기를 생명석 바리케이드 안으로 집어넣어 버렸다.

그러면서 나머지 3기는 본진 쪽으로 향했다.

이신의 집요한 견제 플레이가 시작된 것이었다.

하지만 료는 침착했다.

추가 생산된 거신병기로 견제를 막아내면서, 주 병력은 계속 진군해 마침내 12시 지역에 있는 이신의 확장 기지 앞에 이르렀다.

기동포탑들이 포격모드로 되어서 방어 태세를 갖춰놓고 있었지만, 수적 우위는 료에게 있었다.

수송기가 날아가 언덕 위에 포진된 기동포탑의 머리 위에 광신도를 1명씩 드롭했다.

체력 좋고 공격력도 강한 광신도가 바짝 붙어서 때리니 기동포탑은 속수무책.

함께 있던 고속전차와 보병 4기가 반격했지만, 연이어 거신병기들의 돌격이 시작되었다.

건설로봇들이 뛰쳐나와 출입구를 블로킹해 버렸다.

료는 침착하게 거신병기를 컨트롤해 건설로봇들을 닥치는 대로 사살했다.

퍼엉! 펑!

광신도 드롭에 공격당한 기동포탑도 2기나 터졌다.

수송기는 계속 드나들며 거신병기 2기를 태워 다시금 기동포탑 위에 드롭했다. 하지만 수송기도 곧 이신이 건설해 놓은 대공포에 얻어맞아 격추되어 버렸다.

치열한 격전.

"아, 디펜스 예술이다."

"손놀림 봐라. 저 와중에 건설로봇들이 서로 수리하고 있다. 나 참……."

"그래도 료도 판단 좋다. 수송기가 격추되기 전에 다시 거신병기를 태워서 드롭했잖아."

잘 막았다.

하지만 이신의 피해도 만만치 않았다.

기동포탑을 다수 잃은 것이 컸다.

"카운터로 견제 안 넣었으면 이신이 크게 불리할 뻔했다."

견제 플레이를 펼친 이신의 고속전차 4기가 신도를 7명 사살하는 성과를 거두었다.

게다가 길목에 매설해 놓은 지뢰가 료의 후속 병력을 차단했으니, 일석이조의 효과였다.

료는 참회실을 늘려 짓고서 병력 생산에 더 열을 올렸다.

이신은 기동포탑을 다수 잃은 상태일 뿐만 아니라 건설로봇도 디펜스를 하다가 많이 희생되었다.

이틈에 지상군 물량을 더 뽑아서 끝을 보는 게 좋다고 판단한 것이었다.

이신도 기갑 정거장을 늘려 지었다.

그리고 승부의 시간이 왔다.

광신도와 거신병기가 배합된 료의 병력이 다시 2차 진격을 개시했다.

그리고 이신은…….

"고속전차?"

"기동포탑은 몇 기 안 뽑았어."

"고속전차로 막으려고?!"

선수들이 이신의 판단에 깜짝 놀랐다.

이신은 값이 싸고 빠른 생산이 가능한 고속전차를 대량으로 생산한 것이었다.

고속전차들이 우르르 질주했다.

양측의 군대가 충돌했다.

그것은 예술이었다.

두 갈래로 갈라진 고속전차들이 좌우 양방향에서 료의 병력을 둘러쌌다. 그리고 지뢰 매설.

이어서 반시계방향으로 돌아서, 이번에는 상하 양방향으로 포위한 채 다시 지뢰 매설.

그 결과는 놀라웠다.

퍼퍼퍼퍼퍼펑—

거신병기와 광신도들이 사방에 깔린 지뢰에 휘말려 몰살당한 것이었다.

고속전차들도 상당수 폭발에 휘말렸지만, 병력의 단가를 생각하면 이신이 훨씬 이득이었다.

그렇게 한 타이밍을 무사히 넘긴 이신은 곧바로 반격에 나섰다.

6개나 되는 기갑 정거장에서 쏟아지는 고속전차들이 계속해서 견제에 나섰다.

료의 앞마당 앞에 지뢰를 마구 깔아 병력이 나오지 못하게 봉쇄해 버리고, 앞마당과 6시의 확장 기지를 번갈아가며 게릴라 플레이!

심지어는 료의 병력들이 막고 있는데도, 작은 바늘구멍 같은 빈 공간이 보이자 거침없이 파고들었다.

"와!"

"아 놔, 저걸?!"

"죽인다!"

곡예처럼 아슬아슬하게 그 틈새를 파고드는 고속전차들.

미로 탈출 게임을 하듯이 고속전차들이 일렬로 줄지어 빈 틈새를 쏙쏙 파고들어 료의 본진까지 들어가 버렸다.

이를 보던 팀원들이 흥분할 수밖에 없는 슈퍼 플레이였다.

본진에 침투한 3기는 지뢰를 매설하고 자원을 채집하던 신도들을 살육했다.

"후우……."

료는 깊은 한숨을 쉬었다.

이신의 견제에 시달리면 누구나 암 걸릴 것 같은 기분이 들 수밖에 없었다.

고개를 절레절레 내저으며, 료는 GG를 선언했다.

—Shingen—Chan : GG.

—Kaiser : GG.

이어폰을 뺀 이신이 말했다.

"운영이랑 판단 괜찮아. 컨트롤은 많이 연습을 해야겠다. 무빙 당기면서 지뢰 제거하는 컨트롤을 잘했으면 내가 질 수도 있었어."

"네."

료가 고개를 끄덕였다.

그 또한 2번째 전투에서 이신의 지뢰 플레이에 크게 당해 버린 게 너무 아쉬웠다. 사실 그건 이신이 지나치게 잘했을 뿐, 보통의 경우라면 료가 승리를 가져가는 그림이었다.

"쓸 만하네."

그렇게 총평을 내린 이신.

괴물은 유진영과 한태화, 그리고 신족은 이신과 박진수에 이어 사나다 료가 합류하면서 라인업이 보강되었다.

비로소 프로 팀으로서의 제대로 된 스쿼드가 갖춰진 올도어 SCC였다.

제7장

에이스

집으로 돌아가는 길은 이신도 차이도 말이 없었다.

이신은 원래 말이 없었지만, 차이는 무언가 곰곰이 생각하는 게 있는 모양이었다.

결국 집에 돌아왔을 때, 차이가 입을 열었다.

"선생님."

"어."

"저랑 게임 하실래요?"

"하지."

게임을 거절할 이신이 아니었다. 어차피 매일 한 집에 살면서 연습 게임을 하던 둘 사이였다.

"5판 3선으로요."

이신은 멈칫했다.

차이가 말을 이었다.

"제대로요."

이신은 잠시 말을 잃었다.

다전제로 제대로 붙자는 말. 그것은 정식으로 실력을 겨루고 싶다는, 이를테면 도전이었다.

"맵은?"

"피의 권좌, 신성한 잔흔, 유혈의 기억, 투지, 다시 피의 권좌요."

"……."

"시간을 드릴까요?"

차이가 눈웃음을 지으며 물었다.

평소의 이신이었다면 따로 준비할 필요도 없이 곧장 시작했을 것이다. 그리고 이겼을 터였다.

하지만 이번에는 달랐다.

"30분이면 돼."

"네."

차이가 거실에서 장비를 세팅하는 사이, 이신은 서재에 들어가 곰곰이 생각에 잠겼다.

5판 3선승제. 이는 그냥 한 판씩 하고 마는 연습과 달랐다.

다섯 세트 중에서 3승을 거둬야 한다는 것.

상대가 어떤 맵에서 더 잘하는지, 어떤 맵에서 어떤 플레이를 주로 하는지를 염두에 두어야 한다. 그리고 1세트, 2세트를 순서대로 치르면서 갈리는 스코어에 따라 양상이 달라진다.

이기고 있으면 여유가 있으므로 과감한 전략을 시도하기도 한다.

지고 있으면 압박감을 느껴서 플레이가 더 위축된다.

그렇듯 다전제는 심리적인 요소도 있었으므로, 이신은 붙기 전에 먼저 각 세트별로 전략을 구상해야 했던 것이다.

평소에는 즉흥적으로 생각한 빌드 오더와 전략으로 붙어도 이길 수 있는 상대였다. 그만큼 경험과 기본 역량의 차이가 컸다.

하지만 지금의 차이는 맵까지 다 정해놓고 도전을 해왔다.

단단히 준비를 해왔다는 뜻이었다.

이신은 스스로가 차이에게 했던 말을 되새겨야 했다.

"내 모든 걸 보고 배워. 그리고 날 꺾어."

그 말을 들은 이후로 차이는 어떤 사명감이 생겼는지 굉장한 집중력으로 훈련에 몰두했다.

이신의 서재에 빼곡하게 쌓여 있는 각 프로게이머들에 대한 분석 자료도 빠짐없이 훑었다.

이신이 어떤 방식으로 상대를 분석하고, 그 상대를 어떤 방식으로 공략하는지를 공부했다. 이신의 사고방식 자체를 꼼꼼하게 보고 배우며 괴물처럼 성장했다.

그러면서 이신과 매일 연습 게임을 하면서 실전에서 적용까지 실컷 해보았으니, 지금의 차이는 대이신 결전 병기나 다름없었다.

이는 이신 스스로가 자초한 일이기도 했다.

이신은 1세트부터 차근차근 전략을 구상했다.

잠시 후, 서재에서 나온 이신은 기다리고 있던 차이에게 말했다

"하지."

"네."

그렇게 대결이 시작되었다.

1세트 맵은 피의 권좌.

여러모로 중요한 첫판이었다.

1세트 맵 피의 권좌는 5세트에서도 쓰인다. 피의 권좌에서 누가 더 잘하느냐가 승부에 중요한 요소로 작용하는 것이었다.

게다가 총 다섯 판의 다전제에서 첫판은 누가 스코어를 리드하느냐를 가르는 중요한 의미를 차지한다.

단적인 예로, 1세트에서 이긴 선수가 그 경기에서 승리할 확률이 80% 이상일 정도였다.

그런 만큼 두 사람의 1세트 대결은 시작부터 치열하게 진행되었다.

초반, 1병영 후 곧바로 앞마당 확장 기지를 가져간 차이에게 공격이 들어왔다.

보병 1명과 건설로봇 1기가 함께 나타나 습격을 가한 것.

하지만 그럴 줄 알았다는 듯이 차이도 보병 1명이 나와 대응

했다.

이신은 보병으로 무빙을 당기며, 앞마당에서 식량 자원을 채집하던 건설로봇을 집중적으로 노렸다.

—으악!

이신의 보병이 먼저 죽었다. 차이의 건설로봇은 아슬아슬하게 체력이 닳아 있었다.

하지만,

—퍼엉!

이신의 건설로봇이 끈질기게 쫓아가서 그것을 끝내 사살해 버렸다.

심지어 보병의 기관총 세례를 맞아가며 본진으로 침투, 기갑 정거장 2개가 올라가는 것까지 확인하는 데 성공했다.

차이는 나직이 한숨을 쉬었다. 시작이 좋지 않았다.

1세트는 40분이 넘는 접전 끝에, 초반에 페이스를 잡은 이신의 승리로 돌아갔다. 아주 조금 벌어진 우위를 절대로 놓치지 않은 이신이었다.

"10분 휴식."

"네."

그 이상 두 사람은 대화가 없었다.

물을 마시고 돌아온 차이는 전의를 다시 다지고 2세트에 임했다.

2세트는 이신의 매서운 공세로 시작되었다.

앞마당 확장 기지도 안 가져가고 일찍 기갑 정거장과 항공

정거장을 1개씩 지은 이신.

항공수송선을 활용한 고속전차의 견제가 펼쳐졌다.

구석구석 찔러 들어오는 항공수송선의 드롭. 드롭된 고속전차가 지뢰를 매설하며 질풍처럼 달려 건설로봇을 공격했다.

보통 이 가파른 템포를 쫓아올 수 있는 선수는 많지 않았다.

하지만 그 순간부터, 차이의 놀랍도록 침착한 디펜스가 시작되었다.

기계보병으로 침투해 오는 항공수송선을 공격하고, 드롭된 고속전차를 쫓아다니며 기관총을 난사했다.

곳곳에 매설해 놓은 지뢰가 발동되었지만, 순간적인 일점사격으로 제거.

건설로봇의 피해가 잇달았지만, 차이는 얼굴색 하나 변하지 않았다.

자원 공급량을 봐가며 건설로봇과 병력의 생산 비율을 조율하며 운영.

계속되는 폭풍을 넘기고 나자, 먼저 앞마당 확장 기지를 가져간 자원 우위가 병력으로 나타났다.

기동포탑과 고속전차, 기계보병이 적절하게 배합된 병력이 한순간에 치고나갔다.

"쯧."

이신은 가볍게 혀를 찼다.

그토록 몰아쳤는데도 차이는 끝내 무너지지 않고 버텨낸 것이었다.

같은 오피스텔 건물에 사는 주디와 존이 방문한 것도 그때쯤이었다.

"어?"

"연습하신다."

주디와 존은 거실에서 치열한 접전을 펼치고 있는 두 사람을 바라보았다.

그런데 평소와 분위기가 달랐다.

입을 꾹 다문 차이가 계속해서 추가 병력을 보내며 이신을 몰아세웠다.

이신은 앞마당까지 타격당하는 위기에 봉착한 상태였다. 그런 두 사람에게서 살기마저 느껴졌다.

그 정도로 분위기가 날 서 있었다.

"분위기가 이상해, 누나."

"쉿. 방해되겠어."

차이의 한 방은 강력했다.

끝도 없이 펼쳐지는 폭풍 같은 견제를 버텨내며 모은 차이의 병력은 그야말로 질풍가도로 한순간에 이신을 수세로 몰아넣었다.

초반 견제에 극도로 힘을 실은 이신의 빌드 오더. 끝내 무너뜨리지 못하자 그 극단적인 전략의 후유증이 시작된 것이다.

차이의 병력이 이신의 앞마당까지 타격을 시도했다.

이신은 급히 방어선을 구축하고 맞섰다.

"선생님이 위험한데."

"응, 지겠어."

차이는 그러는 와중에 2번째 확장 기지를 가져가기 위해 건설로봇을 보낸 상태였다.

하지만 그 순간부터 다시 이신의 격렬한 저항이 시작되었다.

—퍼엉!

그 와중에 따로 빼놓은 고속전차가 추가 확장 기지를 지으러 향하던 건설로봇을 처치했다.

동시에, 항공수송선 1척과 함께 스텔스 전투기 편대가 나타났다.

스르륵—

스텔스 모드로 모습을 감춘 전투기 편대가 차이의 기동포탑을 공격했다.

차이는 레이더를 뿌리며 스텔스 전투기들을 기계보병으로 반격했다.

하지만 기계보병의 숫자가 적었다.

스텔스 전투기 편대가 이리저리 움직여 교란시켰다. 그러는 동시에,

퍼퍼펑!

1척의 항공수송선이 고속전차 4기를 기동포탑들의 머리 위에 드롭했다.

드롭된 고속전차들이 지뢰를 매설했다.

차이는 급히 고속전차들과 지뢰를 제거했다.

하지만 그 와중에 계속 공중을 누비는 스텔스 전투기들이

기계보병을 모두 제거했다.

더 이상 지대공이 가능한 유닛이 없었다.

차이는 하는 수 없이 병력을 후퇴시켰다.

집요하게 쫓아다니며 기동포탑 몇 기를 더 터뜨린 전투기 편대는, 뒤이어서 차이의 기계보병이 추가로 합류하자 그제야 물러났다.

그러는 와중에 이신은 확장 기지를 지으러 가던 차이의 건설로봇을 다시 한 번 커트하는 데 성공했다.

"와……."

주디와 존은 이신의 날카로운 플레이에 경탄을 금치 못했다.

간신히 위기를 모면한 이신.

하지만 형세가 너무 불리했고, 이신은 그 국면을 극복하고자 스텔스 전투기에 힘을 실었다.

계속 숫자가 늘어나는 스텔스 전투기 편대가 차이의 진영을 침투해 견제 플레이를 펼쳤다.

초반과 동일했다.

이신의 극도의 공격성.

차이의 초인적인 디펜스.

이신의 견제에 피해를 입으면서도, 그 정도 피해쯤은 만회할 수 있는 운영 능력을 발휘했다.

결국은 2세트는 30분간 이어진 공방 끝에 차이의 승리로 돌아갔다.

귀에서 이어폰을 뺀 이신이 나직이 말했다.

"10분 뒤."

"네."

이번에는 이신이 부엌에서 생수를 꺼내 벌컥벌컥 마셨다.

"스코어가 몇이야?"

존이 조심스럽게 차이에게 물었다. 날선 분위기를 통해 두 사람이 다전제로 대결을 하고 있다는 걸 알아차린 것.

차이는 말할 기운도 없다는 듯이 양손의 검지를 하나씩 치켜세웠다.

1 대 1.

하지만 3세트가 시작되고서 25분 뒤, 스코어는 1 대 2가 되었다.

다시 한 번 똑같은 1기갑 1항공 빌드를 써서 극단적인 공격을 펼친 이신.

그리고 거의 동일한 흐름으로 차이에게 또 패배하고 말았다.

3세트가 끝나고서, 이신과 차이의 눈이 잠시 마주쳤다.

말을 하지 않아도 서로 대화가 가능했다.

'그건 이제 안 통해요.'

'그 디펜스가 운이 아니었군. 이제 확인했다.'

2세트에서 차이가 보인 놀라운 디펜스. 그것이 본 실력인지 아니면 운 좋게 퍼텐셜이 터진 것이었는지 확인해 보고 싶었던 것이다.

확인한 대가로 이신의 스코어에 1패가 추가되었다.

…설마.

주디와 존의 얼굴에 긴장이 스쳤다.

이신이 다전제에서 패한다?

두 사람으로서는 상상하고 싶지 않았다.

하지만 차이가 거기에 한발 더 다가섰다.

세상 그 누구도 해내지 못했던, 다전제에서 이신을 무릎 꿇리는 일을 말이다!

차이라면 가능할지도 몰랐다.

한국에 와서 지금까지 이신을 이기는 법을 이신 본인에게 배워왔으니까.

문득 이신은 웃었다. 아주 재미있다는 듯이 말이다.

벼르고 벼른 전략을 들고 도전해 온 차이. 그에 비해 준비 시간이 없었던 이신에게 불리한 대결이었다.

4세트부터 신족으로 상대하면 보다 유리할 수 있었다. 차이는 정작 이신의 신족을 상대로는 고전을 면치 못하니 말이다.

하지만 그러지 않았다. 이신은 차이가 동경해 왔던 그의 인류로 도전에 응해주고 싶었다.

대결이 속행되었다.

그리고…….

"수고하셨습니다."

차이가 공손하게 인사했다.

주디도 존도 그 엄청났던 대결을 끝까지 지켜보고는 놀란 얼굴들이었다.

"완전히 벼르고 준비했는데도, 준비가 안 된 선생님을 넘어서지 못했네요."

차이는 아쉬움을 감춘 채 해맑게 웃는 얼굴로 말했다.

그랬다.

4세트와 5세트는 이신의 역전극이었다.

2, 3세트와 반대로 이신은 극단적으로 자원 우위를 차지하는 '째는' 운영을 펼친 것이다.

선제 공격권을 넘겨받은 차이는 여지없이 당황한 기색이 역력했다.

이신의 엄청난 공격성을 막을 생각만 했지, 먼저 공격할 엄두는 내지 못했던 것.

결국 차이가 무엇을 준비했고, 무엇을 준비하지 않았는지를 꿰뚫어본 이신의 승리였다.

"다음부터는……."

이신은 차이의 머리를 슥슥 쓰다듬었다.

"미리 예고하고 도전해. 나도 준비할 시간을 갖게."

"네."

차이는 웃으며 대답했다.

그렇게 사제 대결은 자정이 넘은 시간에야 마무리되었다.

하지만 그날 차이의 실력을 똑똑히 본 이신은 한 가지 결심을 할 수 있었다.

* * *

"무슨 일이야?"

최환열이 물었다.

다음 날, 출근하자마자 이신은 최환열을 불러 감독실로 끌고 들어갔다.

의아해하는 최환열에게 이신이 말했다.

"다른 애들 좀 봐줘. 난 차이에게 집중할게."

"차이?"

"어제 차이랑 붙었어."

"안 피곤하냐? 쉴 땐 쉬어야 하는데 돌아가서 또 게임 했어?"

최환열이 핀잔을 주었다.

이신은 귀찮다는 듯이 손짓하며 말했다.

"내가 질 뻔했어."

"…진짜?"

"다전제 대결에서 3승 2패. 3세트까지는 1승 2패로 내가 밀리고 있었고."

그 말에 최환열은 더 없이 놀랐다.

이신은 다전제에서 한 번도 져 본 적이 없었다.

프로리그에서야 어쩌다 한 번씩 질 때는 있을지언정, 전략·전술·컨트롤은 물론이고 상대의 심리를 읽는 능력이 귀신같은 이신을 다전제에서 꺾기란 불가능에 가까웠다.

"리플레이 한 번 보자."

"어."

이신은 감독실에 따로 업무용으로 마련된 노트북을 실행시켰다.

웹 드라이브에 백업해 둔 리플레이 파일을 재생했다.

두 사람은 1세트부터 관람하기 시작했다. 이신도 어제 펼쳤던 대결을 제3자, 옵서버(Observer : 관찰자)의 객관적인 시점에서 볼 수 있는 기회였다.

1세트는 그야말로 인류 대 인류의 정석.

상대의 빌드 오더를 먼저 파악한 이신이 맞춤 전략을 구사하며 유리한 고지를 점했다.

첩보전의 승리가 어떻게 게임의 승리로 이어지는지를 아주 잘 보여주는 교과서적인 플레이였다.

"깔끔하네. 이러면 절대 못 이기지."

최환열은 가볍게 감탄을 했다.

공격성이 극단적인 이신. 그렇다고 그가 다른 방식의 플레이를 못한다는 뜻은 결코 아니었다.

평범하지만 꼼꼼한 주디의 스타일을 이신이 만들어준 것만 봐도 알 수 있었다.

하지만 2세트에서 이신은 본색을 드러냈다.

"와, 요즘 누가 앞마당 확장도 없이 공격을 퍼부어?"

"무리하긴 했어."

정신없이 상대를 흔드는 이신의 견제 플레이는 현란했지만, 돋보인 것은 차이의 디펜스였다.

지독하게 참고 견디며, 자원 채집량을 계속 조절해 가며 올바른 타이밍에 최대한의 병력이 나오게끔 운영했다.

한 번 칼자루를 빼 들었을 때의 과단성도 발군. 견제를 무시하고 삽시간에 치고 들어가 이신을 앞마당까지 압박해 버린다.

실은 여기서 승부가 끝나는 것이 정상이었다. 하지만 이신은 그야말로 초인적인 돌파력을 발휘했다. 차이의 압박 라인을 한 번 뚫어버려서 승부를 더 길게 가져간 것이다.

하지만 결국은 극단적인 전략을 시도해서 실패한 이신의 패배였다.

3세트도 똑같은 양상으로 차이가 승리를 거두었다.

2세트에서 보여준 차이의 디펜스와 운영이 결코 우연이 아니라는 뜻이었다.

"이건 너무 대단한데."

최환열은 전율했다.

이신이 작심하고 칼자루를 빼 들었는데 이렇게까지 막힌 적은 처음이었다.

얼마 전의 개인리그에서도 이신을 상대로 2승 1패로 스코어를 리드한 사람이 없었다.

"인류 대 인류전만 놓고 보면 신지호보다도 좋잖아?"

"내 생각도 그래."

"야, 내가 추천해 주긴 했지만 차이가 이 정도였냐?"

"내가 잘 가르친 거지."

"……."

최환열은 꼭 그렇게 재수 없게 말해야 하냐는 표정으로 쳐다봤다. 물론 이신은 그 시선을 신경 쓰지 않았다.

결국 최종 승자는 이신이었다.

2, 3세트에서 견제에 힘을 실은 플레이가 안 통하자 곧바로 전략을 급선회한 것.

한발 먼저 확장 기지를 가져가고 자원적 우위를 차지해, 차이가 먼저 공격을 하지 않으면 안 되는 상황을 만들었다.

차이가 공격에 나설 때마다 이를 막아내고 카운터로 견제를 펼쳐 패퇴시켰다.

"결국 이기긴 했네. 많이 고생했다? 3세트는 심리전이었지?"

"어."

최환열은 알아보았다.

2세트 전략을 그대로 똑같이 3세트에서 반복한 것은 차이의 디펜스 능력을 확인하는 차원도 있었지만, 4세트에서 갑자기 180도 변한 전략으로 상대를 당황시키기 위한 포석이기도 했다.

그런 심리전을 펼쳐야 했을 정도로 이신은 차이를 간신히 이긴 것이다.

"이 정도면 웬만한 팀의 에이스급인데."

"팀 랭킹전 하자."

문득 이신이 입을 열었다.

최환열의 눈에 이채가 띠었다.

"그러고 보니 이제 슬슬 해야겠지?"

"응."

팀 랭킹전은 말 그대로 같은 팀의 전 선수가 서로 겨뤄서 랭킹을 정하는 행사였다.

서로의 실력이 어느 정도인지 알 수 있는 기회이기도 하고, 경기에 출전시킬 선수 엔트리를 짜는 데도 중요한 참고 자료가 되기도 했다.

"나 빼고 밑에 애들 다 붙이자. 거기서 만약에 차이가 1위가 되면……."

이신은 잠시 뜸을 들이다가 말을 이었다.

"그땐 팀의 에이스로 본격적으로 키워야지."

*　　　*　　　*

그렇게 팀 랭킹전이 시작되었다.

정식 프로 계약을 한 1, 2군 선수가 모두 모여서 겨루기 시작했다. 서로 한 번씩 붙어서 총 승패를 계산해 랭킹을 따지는 방식이었다.

예상대로 팀이 올도어SCC로 바뀌면서 새로 들어온 선수들이 두각을 보이기 시작했다.

첫 스타트는 사나다 료가 화려하게 끊었다.

상대는 바로 차이. 사나다 료는 이상하게 꼬인 타이밍에 치고 들어가, 차이가 미처 방비가 되어 있지 않은 시점에 승부를 냈다.

차이의 약점인 경험 부족이 나타난 게임이었다.

"저런 타이밍으로도 나가네."

최환열이 감탄을 금치 못했다.

그러고 보면 사나다 료도 천재성이 다분했다. 업그레이드 완료 시점과 병력 생산을 마음대로 조율해서 변칙적인 타이밍을 만들어낸다.

하지만 그런 사나다 료의 약점은 다음 판에서 나타났다.

다음 상대는 바로 존.

존은 센터 2병영 치즈 러시로 끝내 버렸다. 운영이 약점인 존은 자신의 장기인 컨트롤이 강력하게 발휘될 수 있는 전략을 사용한 것.

반대로 컨트롤이 약점인 사나다 료는 맥없이 패배해 버렸다.

한편, 패배로 랭킹전 스타트를 끊은 차이는 분했던 모양인지 이를 악물고 다음 게임에 임했다. 그리고 놀랍게도 그다음의 모든 게임을 승리로 장식하기 시작했다.

랭킹전의 결과는 다음과 같았다.

1위는 차이.

차이는 놀랍게도 처음의 1패를 제외하고는 전승을 거두어 모두를 경악시켰다.

아직 데뷔도 못한 차이가 그런 괴력을 발휘할 줄은 아무도 몰랐다.

이신이 가장 심혈을 기울여 키우는 제자가 누구인지 똑똑히 보여준 성취였다.

2위는 마술 같은 운영을 선보인 사나다 료.

3위는 팀 제미니의 에이스였던 유진영이 차지해 체면치레를 했다.

4위는 주디.

5위와 6위는 베테랑 박진수와 존의 각축전이었는데, 경험이 풍부한 박진수가 1승을 더 기록해 5위를 차지했다.

그 밑으로 7위부터는 올도어SCC로 개편되기 전에 팀을 이끌어왔던 기존의 선수들이었다.

* * *

제목 : 돌아온 카이저, 월드 SC 그랑프리를 정조준하다.

작성자 : 칼럼니스트 테오 벨몽스.

이신이 감독 겸 선수라는 희한한 직책으로 거취를 결정한 사실은 전 세계에 알려졌다.

모두의 관심을 받고 있던 이신의 행보가 결정된 셈이어서, 자국 리그로 그를 데려오길 원했던 각국의 팬들은 실망을 금치 못했다.

하지만 이신이 전면에서 진두지휘할 신생 팀은 모두의 관심을 불러일으켰고, 이는 프랑스의 유명 e스포츠 칼럼니스트 테오 벨몽스의 칼럼에도 잘 나타났다.

이변은 없었다.

한국은 그가 없는 1년 동안 박영호(Runner)와 최영준

(rush_Joon) 등 수많은 신진 강자가 탄생한 상태였지만, 결국 카이저의 왕좌 탈환을 저지할 수 없었다.

자국 개인리그에서 우승하기까지 그에게 단 1세트라도 패배를 안긴 사람은 오랜 라이벌 황병철(predator)과 결승 상대인 신지호(GOD_JiHo)가 전부였다.

그는 전성기 시절의 강력함을 그대로 간직하고 있었고, 심지어 신족까지 플레이함으로써 더욱 이기기 난해한 상대가 되었다.

그저 깜짝 전략인 줄 알았던 신족마저도, 사략기와 지상군의 조합이라는 신기에 가까운 전략을 펼칠 정도로 예술적인 경지에 이르러 있었다.

한국의 2020 후반기 개인리그 결승전 4세트를 모두들 꼭 보기를 권한다. 사략기의 전파 방해가 일순간에 화면을 가득 매우는 광경은 신의 이적과도 같았다! 같은 인간이 맞나 의심되는 컨트롤과 손놀림이었다.

그렇게 한층 더 업그레이드된 카이저가 돌아오는 2021년 월드 SC 그랑프리에 다시 나타난다!

세계 유수의 e스포츠 강국들에게 충격과 공포를 선사했던 피의 황제가 다시 돌아온다!

2020년 11월, 그는 올도어SCC라는 한국의 신생 프로 팀의 감독 겸 선수가 되었다.

"월드 SC 그랑프리 단체전 금메달을 따기 위한 선택이었다."

수많은 명문 팀의 손길을 거부하고 올도어SCC를 택한 이유로 카이지는 그렇게 밝혔다.

그러면서 베일에 싸여 있던 제자들까지도 전면에 등장해 돌아오는 한국 프로리그 무대에서 출전할 예정이다.

단체전 금메달은 카이저가 아직 한 번도 손에 넣지 못한 유일한 목표다. 어쩌면 세 명의 제자를 문하에 들여 키워온 것 역시 단체전 금메달을 자신의 힘으로 단체전 금메달을 손에 넣기 위한 카이저의 포석일지도 모른다는 생각이 든다.

어쨌든, 당장 2021년의 포커스는 월드 SC 그랑프리에 다시 돌아온 카이저를 세계 각국의 강자들이 꺾을 수 있느냐가 될 것 같다.

모쪼록 카이저와 그의 팀의 활약을, 그리고 우리 프랑스에도 엔조 주앙처럼 카이저에게 대항할 수 있는 프로게이머가 탄생하기를 기원하며 2020년을 마무리한다.

또다시 카이저의 무혈입성이라는 뻔한 결과가 나타나면 너무 재미없지 않은가.

이렇듯 이신은 여전히 세계 팬들의 관심이 집중되고 있었다.

세계 각국의 네티즌이 이신의 플레이를 보기 위해 한국 프로리그 다시 보기를 결재하고 있었다.

이에 따라 지수민은 앞으로 이신의 경기만 따로 모아서 패키지 상품으로 만든 뒤, 영어 중국어 등의 자막을 삽입하는 일을 추진했다. 유료 결재의 수익이 프로게이머에게 직접 배분되는 새로운 정산 시스템을 선보이기로 한 것이었다.

그 첫 시범 케이스로 이신처럼 상품성 좋은 콘텐츠가 없었다.

*　　　　*　　　　*

"신 님!"

오늘도 올도어 본사에 출근하자마자 연습실부터 들른 지수민이 활기차게 인사했다.

"안녕하세요."

"안녕하세요, 단장님."

선수들이 벌떡 일어나 인사했다.

"응응, 그래그래. 이거나 먹고 해."

지수민은 몇 봉지나 되는 붕어빵을 선수들에게 건네주었다. 그러고는 쪼르르 이신에게 다가갔다.

"신 님, 오늘도 좋은 아침이에요."

"네."

"아침 식사는 잘 챙겨 드시고 출근하신 거예요? 안 먹었으면 저랑 근사한 데 가서……."

"먹었습니다."

"칫, 그럼 잠깐 저랑 얘기나 할래요? 긴히 드릴 말씀도 있는데."

"하십시오."

"아이, 이런 데서 하기는 힘들어요. 우리 분위기 좋은 카페로……."

"감독실에서 얘기하죠."

이신의 철벽 수비에 지수민의 얼굴 표정은 잠시 일그러졌다가 원상 복귀했다.

감독실에서 단둘이 되자, 지수민이 입을 열었다.

"신 님, 혹시 TV 출연……."

"싫습니다."

"어, 어휴, 이 반응 속도……."

지수민은 식은땀을 흘렸다.

어떻게든 저 수비를 뚫고 이번 이야기를 성사시켜야 했다.

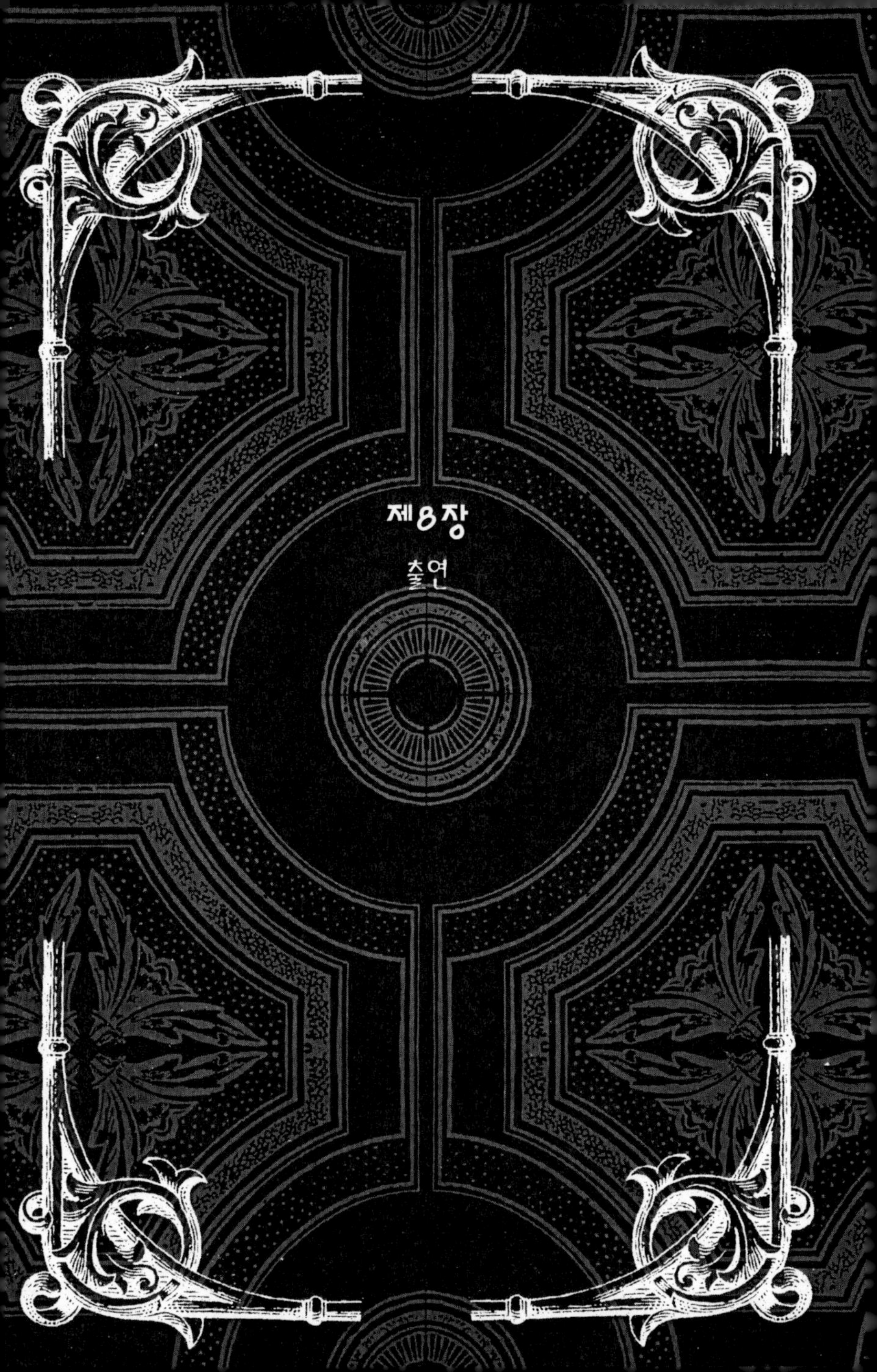

제8장

출연

“TV 프로그램 출연을 별로 안 좋아하시는 건 잘 알고 있어요. 그런데 이번에는 홍보 차원에서 아주 좋은 기회라서 권해드리는 거예요.”

“팀은 이미 지금도 충분히 화제가 되고 있습니다.”

“맞아요. 올도어SCC는 충분히 화제의 대상이 되고 있죠. 하지만 중요한 건 팀이 아니에요.”

“……?”

“정확히 말하면 아무도 올도어SCC에는 관심이 없어요. 신님의 팀에 관심이 있을 뿐이죠.”

“관심이 제게 집중되어 있다는 건 알고 있습니다. 그렇다면 더더욱 제가 TV 프로그램에 출연하는 방식으로 홍보가 되어서는 도움이 안 됩니다."

"맞아요. 일반적인 예능 프로그램이라면 그렇겠죠."

"……?"

"요번에 KBC에서 특집 종편 프로그램을 기획했어요. 스페이스 크래프트를 주요 소재로 다룬 프로그램이니 신 님도 크게 거부감은 없을 거예요."

"어쨌든 나를 소재로 삼아서 팀을 홍보한다는 패턴은 마찬가지 아닙니까."

"달라요. 녹화가 주로 우리 팀 연습실에서 이루어질 테니까요."

"우리 연습실에서?"

"네. 자, 하나 보여드릴 게 있어요."

지수민은 자신의 스마트폰을 꺼내 인터넷 검색을 했다.

—유지나 점액 관광

'유지나?'

유명한 아이돌 걸그룹의 멤버였다.

이신은 연예인에 대해 전혀 모른다. 프로게이머가 되고부터 TV, 인터넷, SNS를 일절 하지 않았기 때문이었다. 심지어 자신을 다루는 뉴스 기사도 좀처럼 안 볼 정도였다.

그럼에도 이신이 유지나를 아는 이유는 단 하나였다.

유지나의 소속 걸그룹인 헤라는 올해로 벌써 데뷔 12년 차.

이신이 게임에 관심이 없었던 중학생 시절부터 활동해 온 톱 스타였던 것이다. 그러니 모르려야 모를 수가 없었다.

'아직도 은퇴를 안 했나?'

중학생 시절의 추억을 떠올리면서 이신은 살짝 충격을 받았다.

"이거 팬들 사이에서는 유명한 이야기예요. 한 번 보세요."

두 사람은 유튜브에 게시된 영상을 함께 보았다.

그 와중에 지수민은 은근슬쩍 찰싹 이신에게 가까이 붙었다. 이 순간을 위해 오늘따라 신경 써서 향수를 뿌렸다.

이신은 눈살을 찌푸렸다.

"냄새 때문에 정신 사나우니까 조금 떨어지십시오."

"흑……."

지수민은 시무룩해져서 한 걸음 떨어졌다. 그녀의 머릿속에 이신이 향수를 몹시 싫어한다는 정보가 추가되었다.

영상은 유지나와 그녀와 친한 남자 가수 지창수의 사적인 내기 게임이었다.

—CSJ : 누나, 이거 진 사람이 밥 거하게 쏘기, 콜?

—Z—NA : ㅇㅋㅇㅋ

워낙에 게임을 좋아하기로 유명한 유지나는 자신 있게 응했다.

—CSJ : 나 랍스타 먹고 싶어요.

—Z—NA : ㅋㅋ난 캐비어!

아마추어라서 그런지 보기 힘들 정도로 수준이 낮은 경기였다. 유지나는 게임에 대한 기본 개념도 전혀 없이 자기 할 일만 하고 있었다.

유지나는 인류를, 지창수는 괴물을 택했다.

지창수가 초반에 바퀴 6마리로 앞마당을 찔러보았다.

앞마당에 참호가 지어지고 보병 4명이 들어가 있어서 충분히 방비가 되어 있었다. 바퀴는 대부분 죽었지만, 단 2마리는 살아서 본진 안으로 들어갔다.

'정찰을 허용했군. 하지만 뭐, 상대는 초반에 바퀴 6마리 뽑아서 다 잃었으니 저 정도쯤은…….'

이신은 상식적으로 그렇게 생각했다.

하지만…….

—퍼엉!

—펑!

바퀴 2마리가 요리조리 얄밉게 돌아다니며 일하는 건설로봇을 1기씩 죽였다.

그렇게 무려 4기나 되는 건설로봇이 잡혀 버렸다.

'뭐야 이게?'

이신은 황당해졌다.

유지나의 실력은 아마추어 수준조차도 아니었다. 하지만 여자이니 그러려니 했다. 프로게이머를 할 것도 아닌데, 게임 잘 할 필요가 없지 않은가.

게임의 결과는 가관이었다.

유지나는 공격을 받아 앞마당과 본진을 송두리째 잃었는데, 7시의 확장 기지에 다시 자리를 잡고 자기 딴에는 열심히 방어를 하고 있었다.

지창수에게 어마어마한 병력이 있었지만, 유지나는 그 사실을 전혀 모른 채 자기 할 것만 하는 모습이었다.

지창수는 7시 지역을 어마어마한 병력으로 에워싼 채, 7시 출입구 부근에 부화실을 지었다.

잠시 후, 7시 지역의 사방에 부화실이 지어졌고, 촉수탑이 7시를 꽁꽁 둘러싸 한 발짝도 나오지 못하게 만드는 형태가 되어 버렸다.

7시 지역에서 한 발짝도 안 나가고 자기 플레이만 열심히 하던 유지나는 뒤늦게야 그 엽기적인 광경을 발견했다.

—Z—NA : 야! 이게 뭐야!!

—CSJ : ㅋㅋㅋㅋㅋㅋㅋㅋㅋㅋㅋㅋ

—Z—NA : 아 씨ㅠㅠ

—CSJ : ㅋㅋㅋ누난 내 꺼야! 여기서 한 발짝도 못 나가!

—Z—NA : 야! 너 게임 잘 못한다며? 누날 속여먹어?

—CSJ : 저 못하는 거 맞아요. 누나가 지나치게 못하는 거지ㅋㅋㅋㅋ

—Z—NA : 아 뭐야ㅠㅠ 미니 맵이 온통 점액 투성이야ㅠㅠ

그 뒤로도 한동안 지창수는 온갖 심시티로 유지나를 약 올렸다. 그리고 영상의 끝에는 랍스타를 먹는 지창수의 사진이 찍혀 있었다.

"재밌죠? 이거 요즘 굉장히 화제가 된 영상이에요."

"이걸 왜 보여주는 겁니까?"

"호호, 이게 바로 제가 제안해 드리려는 프로그램이에요."

"……?"

"유지나가 지창수에게 복수를 할 수 있도록 도와주는……."

"안 합니다."

이신은 칼같이 거절했다.

"아이, 신 님!"

"저건 가르칠 수 있는 수준이 아닙니다."

"복수를 성공하든 실패하든 그건 중요한 게 아니잖아요. 연습실에 출근해서 함께 훈련을 하는 모습이 방영되면서 우리 팀 선수들도 방송에 나갈 수 있단 말이에요."

그 말에 이신은 흠칫했다.

지수민이 계속 말했다.

"올도어SCC가 요즘 화제의 대상이 되고 있다지만 그래봤자 사람들이 관심 있어 하는 건 신 님뿐이에요. 여기 우리 팀 선수들의 검색어 순위를 뽑아왔어요."

지수민은 올도어가 운영하는 포털사이트에서 뽑아온 검색어 순위 자료를 보여주었다.

1위 이신

2위 Player_SIN

3위 주디

4위 차이

5위 Kaiser

6위 존 레벨린

7위 차이의 일상 블로그

8위 유진영

9위 지수민…….

이신은 할 말을 잃었다.

9위 안에 들어간 사람은 유진영만 제외하면 모두 이신이나 이신과 관련 있는 사람뿐이었다. 심지어 선수도 아닌 지수민이 9위로 나머지 선수들보다 더 관심을 받고 있었다.

아예 한 번도 검색된 적 없는 선수도 있었다. 현재 올도어 SCC에 대한 관심이 얼마나 이신에게 편향되어 있는지 알게 해 주는 지표였다.

"이렇게 주목받는 화제의 팀에 있으면서도 전혀 관심 못 받는 선수들에게도 팬들에게 이름을 알릴 수 있는 기회를 줘야 하지 않겠어요?"

"……."

"부탁해요, 신 님. 게임을 잘 모르는 사람들에게도 e스포츠를 더 알리는 계기가 될지도 모른다고요."

"…알겠습니다."

이신의 입에서 마침내 승낙이 떨어졌다.

"아싸!"

마치 자기 일처럼 좋아서 방방 뛰는 지수민.

그러거나 말거나, 이신은 처참하게 관광을 당하는 유지나의 플레이를 다시 재생시켜 보며 생각했다.

'이걸 대체 어떻게 가르치지?'

스스로를 못한다고 말했지만, 사실 지창수는 아마추어치고는 그럭저럭 잘하는 편이었다.

온라인에서 만날 수 있는 D등급 정도 되는 수준. 그에 비해 유지나는 그야말로 컴퓨터랑 일대일밖에 안 해본 듯한 초보 중의 초보였다.

뭔가 본 건 있어서 흉내를 내려고 하는데, 손이 워낙 느려서 타이밍도 못 맞추고 한 세월이 걸리는 암 걸릴 것 같은 실력이었다.

어찌 되었든 팀의 감독으로서 책임감도 있었기 때문에 이 기회를 차버릴 수는 없었다.

후회할 것 같다는 생각이 머릿속에 맴돌았지만 도리가 없었다.

*　　　*　　　*

휘파람을 흥얼거리며 연습실에서 나온 지수민은 복도에서 스마트폰을 꺼내 누군가에게 메시지를 보냈다.

—신 님께서 승낙하셨어요.^^

—신님께간다 : 헉! 진짜요?

—가여운 어린 양이여, 이 교주님은 거짓을 입에 담지 않는답니다.

—신님께간다 : 교주님 사랑합니다!ㅠㅠ 너무 감사해요!

—에헴, 앞으로 더 충성을 다하도록!

—신님께간다 : 네ㅠㅠ 알라뷰!

—말로만?

—신님께간다 : 근사한 거 쏠게요.

—랍스타 먹고 싶네요.

—신님께간다 : —_—^

—ㅋㅋㅋㅋㅋㅋㅋㅋㅋㅋ

이신교의 대사제 중 한 사람인 '신님께간다'는 계속 고마움을 전해왔다.

'신님께간다'는 오랫동안 이신교에서 활동했지만 좀처럼 오프라인 모임에서는 모습을 드러내지 않는 베일에 싸인 인물이었다.

그도 그럴 것이, 대사제 '신님께간다'의 직업은 가수.

바로 데뷔 12년 차 걸그룹 헤라의 리드보컬 유지나였기 때문이었다.

*　　*　　*

다음 날, KBC의 PD와 함께 웬 아름다운 여자가 찾아왔다.

"안녕하십니까. 박태호 PD입니다."

30대 후반 정도로 보이는 장년 사내 박태호가 명함을 건넸다.

"이신입니다."

이신도 지수민이 만들어준 명함을 건네주며 인사를 나눴다.

그리고…….

"안녕하세요, 신, 아니, 이신 씨."

블라우스에 청바지를 입은 수수한 차림이었는데도 눈부시게 예쁜 여자였다.

유지나. 나이는 서른이었지만 보기에는 20대 초중반 정도로밖에 보이지 않았다.

유지나는 이신을 마주보며 활짝 웃고 있었다. 그 표정에서 꾸밈이 없는 기쁜 마음이 보였다.

"예, 반갑습니다."

이신은 덤덤히 대꾸했다.

이미 주디를 제외한 모든 선수들이 유지나만 멍청히 바라보고 있었다. 하지만 이신은 그녀와 가까이 마주하고서도 별반 표정의 변화가 없었다.

"야, 직접 뵙게 되어서 정말 영광입니다. 지난번의 개인리그 결승전도 정말 감명 깊게 봤었거든요. 이렇게 출연까지 결정해 주셔서 너무 감사드립니다."

박태호 PD가 호들갑을 떨며 말했다.

"아직 확정된 건 아닙니다. 좀 더 자세한 이야기를 들어보고 결정하겠습니다."

"아, 예, 물론이죠."

박태호 PD는 가져온 서류를 내밀었다.

서류의 첫 장 표지에는 프로그램의 타이틀이 다음과 같이 새겨져 있었다.

—e신과 함께♡

순간 뭐라고 하고 싶은 말이 목구멍까지 치밀었지만 애써 참아낸 이신. 타이틀 같은 건 방송 전문가가 알아서 할 일이지 자신이 관여할 바가 아니라고 생각했다.

다음 페이지를 펼치며, 박태호 PD가 말했다.

"일단 유지나 씨가 굴욕을 갚기 위해서 이신 씨께 게임을 배운다는 것인데, 콘셉트는 사제지간의 로맨스? 그런 느낌으로 잡았습니다."

"로맨스?"

이신은 눈살이 찌푸려졌다.

박태호 PD는 이신의 심기가 불편해졌다는 것을 눈치채곤 급히 말했다.

“아아, 그렇다고 이신 씨가 뭔가 작위적인 액션을 하실 필요는 없고, 그냥 묘하게 그런 구도로 잡히기만 하면 됩니다. 앵글이라든지 BGM이라든지, 하여간 그런 건 저희가 알아서 연출할 테니 이신 씨는 그냥 자연스럽게 유지나 씨를 가르치시면…….”

“그 영상을 봤습니다.”

이신이 돌연 말을 잘랐다.

유지나를 스윽 보더니, 이신은 나직이 한숨을 쉬었다.

“혹독하게 훈련시켜도 모자랄 판에, 가르치다가 로맨스가 연출될 만한 실력은 아닌 것 같습니다.”

“아… 그런데 사실 가르쳐서 복수에 성공하느냐는 별로 중요한 게 아니라서…….”

“전 이게 e스포츠를 대중에게 알릴 기회라고 생각했습니다. 게임 갖고 장난 치고 싶지 않습니다.”

“아, 예, 물론 그러시겠지만…….”

“그냥 설렁설렁 가르치고 애들 소꿉장난 하듯이 대충 플레이해도 게임에 관심 없는 일반인은 상관하지 않겠지요. 하지만 e스포츠 팬은 그걸 보고 실망합니다.”

“…….”

말문이 막힌 박태호 PD에게 이신이 말했다.

“제대로 가르쳐서 어느 정도 가시적인 성과를 내고 싶습니다. 그게 아니면 그냥 없던 일로 하지요.”

“…….”

"물론 유지나 씨가 본업과 아무 상관없는 게임에 그렇게까지 열정적일 필요는 없습니다. 그래서 이런 제 입장과 맞지 않다면 정중히 거절을 하는 게 나을 것 같습니다."

"할게요."

문득 유지나가 말했다.

두 사람의 눈길이 그녀에게로 향했다.

"진심으로 열심히 할게요. 이 프로그램 꼭 하고 싶어요."

* * *

—이신, 걸그룹 헤라의 유지나와 함께 방송 출연 확정!

—게임의 신, 예능 프로그램에 도전하다?

이 소식이 전해졌을 때, e스포츠의 모든 팬은 눈을 의심했다.

—내가 지금 헛것을 본 건가요? 이신이 방송 출연을 해?

—헐;;; 말도 안 돼.

—세상 참 오래 살고 볼 일이네요.

—유지나 점액 관광 복수하는 이야기래ㅋㅋㅋㅋ 재밌겠다.

—요즘 이신이 많이 달라졌습니다. 비행기 타는 거 귀찮아서 안 나가던 해외도 잘 다니고…….

—그래도 게임 관련 예능이네. 팀 홍보 차원에서 하는 수 없이 승낙한

것 아닐까요?

—내가 딱 예상한다. 유지나 : 게임은 됐고 썸이나 타야지♡ 이신 : 존나 빡세게 가르쳐서 인간 만들어야지.

—꺅! 오빠♡ 이런 걸 기다렸어요. 근데 유지나는 좀 아니지 않나요? 우리 신 오빠와 좀 클래스가 맞는 애를 캐스팅하지…….

—이신교 광신도 년들! 지금 지나 누나를 무시함? ㅂㄷㅂㄷㅂㄷ

인터넷 커뮤니티들이 온통 이신의 예능으로 도배되었다.

워낙 유명한 개그 사건이었던 유지나 점액 관광의 복수라는 소재도 괜찮았지만, 무엇보다도 방송과 담을 쌓은 이신의 첫 예능이라 화제가 되었다.

*　　　　*　　　　*

"안녕하세요, 헤라의 유지나입니다. 잘 부탁드려요."

유지나의 인사에 연습실의 선수들이 박수를 쳤다.

하지만 왠지 다들 표정이 어색하게 굳어 있었는데, 이는 카메라가 돌아가고 있었기 때문이었다.

"됐고, 이리로."

촬영을 하든 뭘 하든 전혀 구애받지 않는 이신이 손가락을 딱 튕기며 유지나를 불렀다.

"네~!"

유지나는 활기차게 대답하며 쫄레쫄레 이신에게 달려갔다.

이신은 최환열이 쓰던 자신의 옆자리 컴퓨터를 유지나에게 배정시켜 주었다.

"장비는?"

"가져왔어요!"

유지나는 귀엽게 생긴 에코백에서 키보드와 마우스를 꺼냈다.

그녀가 꺼낸 장비를 보고 이신은 할 말을 잃었다.

선수들 몇 명은 웃었다.

"와, 팬터그래프다."

"심지어 무선이야."

"설마 마우스도 블루투스인가?"

그랬다.

무선 팬터그래프 키보드와 예쁘장하게 생긴 블루투스 마우스를 떡하니 꺼낸 유지나였다.

"……."

이신은 할 말을 잃었다.

여태껏 프로게이머만 상대해 온 이신.

아무런 개념도 없는 일반인을 가르치려면 뭐부터 시작해야 하는지 감이 오지 않았다.

카메라 감독은 뭐가 그리 신이 났는지, 망연자실한 이신의 얼굴 표정을 찍고 있었다.

"차이."

"네, 선생님."

차이가 연습하다 말고 게임을 중단시킨 후 후다닥 달려왔다. 교육이 잘된 충실한 시종과도 같은 태도였다.

"내 차에서 내 스페어 장비 한 세트 가져와."

"네."

"아, 전 이거면 충분한데……."

"안 충분합니다."

"네?"

의아해하는 유지나에게 이신이 말했다.

"무선이랑 블루투스는 명령을 빠르게 반복 수행하면 끊기고 혼선이 일어나는 현상이 잦습니다."

멍하니 고개를 끄덕이던 유지나가 문득 손뼉을 쳤다.

"아, 그래서 제가 못하는 거구나! 장비가 안 좋아서였네, 역시."

"……."

이신은 할 말이 가득한 표정이었다.

차이는 이신이 늘 차에 챙겨놓는 여분의 장비를 가지러 갔고, 유지나도 같이 가자며 따라갔다.

카메라 한 대도 신이 나서 그런 두 사람을 쫓아갔다. 이신이 타고 다니는 그 유명한 롤스로이스 팬텀의 실내를 촬영할 수 있는 기회라고 생각한 모양이었다.

이신은 털썩 자기 자리에 주저앉았다.

"유지나 씨의 첫 인상은 어떠셨어요?"

카메라 감독이 카메라를 들이대며 물었다.

"막막합니다."

"그래도 잘 가르치면 어떻게든 복수는 할 수 있을 것 같나요?"

"일반적인 방법으로는 죽었다 깨어나도 불가능합니다."

"지창수 씨도 똑같은 아마추어잖아요."

"똑같지 않습니다. 그냥 게임을 즐기는 일반인 중에서는 잘하는 축에 속합니다."

"그래요? 그럼 무슨 뾰족한 수라도 있으신가요?"

"당장 떠오르는 대책은……."

이신은 나직이 혀를 차며 말을 이었다.

"쇠파이프로 상대의 손모가지를 날리는 것 말고는 없습니다."

카메라 감독이 그 말을 듣고 키득거리며 웃었다.

"선생님!"

그때, 유지나가 활기차게 이신을 부르며 돌아왔다. 차이와 함께 가져온 장비를 한아름 싸들고 나타났다.

"이거 다 저 주시는 거예요?"

"예."

"어머, 어떡해. 그래도 돼요? 이거 다 비싼 거라고 들었는데."

"얼마 안 합니다."

32만 원짜리 마우스와 38만 원짜리 기계식 키보드였지만 이신이 그런 걸 신경 쓸 리가 없었다.

아무튼 그녀는 차이의 도움을 받아 장비를 세팅했고, 그렇게 연습이 시작되었다.

같은 시각.

당연하지만 지창수 또한 특집 예능 프로그램 'e신과 함께'에 출연하기로 확정되었다.

1회 방영분은 훈련에 임하는 유지나의 모습이 주로 다뤄지지만, 지창수 또한 출연해야 했다.

"안녕하세요."

"네, 안녕하세요."

"와, 이렇게 실물로 뵙다니, 정말 영광입니다."

"저야말로 영광이죠. 사실 저도 게임 안 했으면 아이돌 하려고 했거든요."

"푸하핫! 정말요?"

지창수가 웃음을 터뜨렸다.

"제가 생긴 건 이래도 랩 실력 장난 아니라고요."

가까이 들이대고 있는 카메라 앞에서도 아랑곳하지 않고 능청스러운 남자.

작은 키에 그다지 잘생겼다고 보기 힘든 얼굴을 가졌으나, 우월한 기럭지와 화려한 패션으로 무장한 지창수 앞에서도 전혀 기죽지 않는 이 남자는 바로 박영호였다.

"오, 진짜요?"

"장난하세요? 제 별명이 랩퍼 괴물입니다."

"오오, 저도 5년 동안 e스포츠에 관심을 뒀지만 그런 소리를 처음 듣네요."

"알 만한 팬은 다 아는 사실인데, 아직 e스포츠를 잘 모르시나보네요."

"아, 그래요? 그럼 한 번 보여주세요."

촬영 장소는 지창수의 집.

유지나가 이신에게 가르침을 받는 동안, 지창수도 프로게이머 몇 명을 초청해서 하루 동안 가르침을 받는다는 설정이었다. 그리고 처음 초청된 게스트가 바로 철벽괴물 박영호였던 것이다.

박영호는 고개를 저었다.

"에이, 안 되겠네요."

"아니, 왜요?"

"전 관객이 한 5만 명쯤 되지 않으면 랩 할 의욕이 안 들어요."

"아, 그게 뭐예요!"

"아, 지금 제 랩 듣자고 부른 거 아니잖아요!"

도리어 성질을 내는 박영호의 뻔뻔한 태도에 지창수는 웃음을 터뜨렸다. 촬영지에 함께 있던 박태호 PD도 흐뭇하게 웃음을 지었다.

박영호를 첫 게스트로 섭외한 건 그야말로 신의 한 수였다는 생각이 들었다. 뻔뻔하고 웃긴 박영호는 그야말로 예능 체질이었던 것이다.

"근데 오늘은 뭘 하죠? 당장 뭐 가르쳐 드려야 하나요?"

박영호의 질문에 박태호 PD가 설명을 해주었다.

"일단 저쪽 올도어SCC 연습실에서 이신 선수와 유지나 씨가 훈련 첫날 촬영을 하고 있는데요, 우선은 이신 씨가 복수의 대상인 지창수 씨의 실력을 보고자 게임을 제안할 겁니다."

"신이 형이랑 지창수 씨의 대결이요? 그게 말이 되나? 일꾼 하나 빼주고 해도 이기겠네."

"아 진짜 너무하시네. 저도 아이돌 안 했으면 프로게이머 할 뻔했거든요?"

지창수가 박영호의 옆구리를 툭툭 찌르며 볼멘 어조로 항의했다. 박영호는 웃으며 사과했다. 만난 지 얼마 되지도 않았음에도 두 사람의 분위기가 매우 좋았다.

"이신 씨는 그렇게 알고 있겠죠."

"응? 그럼?"

"지창수 씨인 척하고 박영호 선수가 이신 선수와 붙는 거죠."

"오, 그래요?"

"이신 선수는 지창수 씨인 줄 알고 가볍게 게임에 임했다가 예상보다 상대 실력이 좋으니까 당황하는, 그런 그림이 나왔으면 좋겠습니다. 가능할까요?"

"가능하죠! 저를 뭐로 보시는 거예요? 신이고 나발이고 제가 다 씹어 먹습니다."

큰소리를 탕탕 치는 박영호.

박태호 PD가 의심스럽게 물었다.

"혹시 이신 선수와 전적이……."

"아 그런 건 묻지 마시고!"

촬영장이 또다시 웃음바다가 되었다.

"어쨌든 볼거리가 많은 명경기가 됐으면 좋겠습니다. 이신 선수도 촬영 전에 게임을 잘 모르는 일반인에게 e스포츠의 매력을 알리는 계기가 되었으면 좋겠다고 하셨거든요."

"알겠습니다."

박영호의 표정이 진지하게 변했다.

어쩌면 프로리그 경기 생중계보다 더 많은 시청자에게 노출될지도 모르는 대결이었다. 제대로 된 실력으로 훌륭한 경기를 보여줘야 이번 예능 프로그램의 취지가 살아난다.

이윽고 지창수와 박영호는 게임을 실행했다.

지창수는 스페이스 크래프트 온라인에 접속해서 이신과 접촉했다.

—CSJ : 안녕하세요, 이신 선수^^

—Kaiser : 네.

"와아! 내가 카이저와 채팅을 하는 날이 오다니!"

지창수는 감격한 표정을 지었다.

인기 아이돌인 지창수였지만, e스포츠를 좋아하는 그에게는 이신이 아이돌이었다.

"저기, 우리의 적을 상대로 너무 좋아하는 거 아닙니까?"

박영호는 이신을 숭배하는 듯한 지창수의 태도에 딴죽을 걸었다.

"에이, 그래도 이신 선수잖아요. 저런 엄청난 e스포츠 스타와 채팅을 나눈 감개무량한 순간이라고요."

"아니, e스포츠 스타는 댁 옆에도 있거든요?!"

"네네."

"어허, 이 사람……!"

그렇게 티격태격하는 동안, 이신과 채팅이 이어졌다.

—Kaiser: 방 만들고 원하는 맵 고르세요.

—CSJ: 넵!

"맵 고르라는데요?"

"오염된 성좌 가죠."

"…그거 완전 괴물 맵 아닌가요?"

오염된 성좌는 인류 내 괴물의 승률이 1 대 5로 괴물에게 매우 유리한 맵이었다.

"에이, 이 사람! 지금 방송의 취지를 생각하셔야지! 지금은 이신을 당황시키자는 취지 아닙니까?"

박영호가 벌컥 성질을 냈다.

"알겠습니다, 알겠어요. 하긴 그런 맵에서 해야 이신을 이기겠죠."

"어허! 제 말은, 그런 맵에서 안 해도 이기긴 하는데 그래도 방송을 위해 안전한 선택을 하자는 거지! 저도 정정당당하게 붙고 싶어요. 근데 방송을 위한 어쩔 수 없는 희생이죠. 오케이?"

"네네."

그렇게 맵 오염된 성좌에서 이신과 대결을 하게 되었다.

지창수는 얼른 자리를 비켜주었고, 박영호가 자리 잡았다.

"으흐흐. 이 양반도 이제 슬슬 패배의 쓴맛을 볼 때가 됐지. 잘생긴 종자가 만날 이기기까지 하니까 짜증나잖아? 세상은 그렇게 불공평한 게 아니란 말이지."

박영호는 다소 비열하게 웃었다. 지창수는 옆에서 계속 키득거리며 웃었다.

박태호 PD도 미소를 지었다. 박영호 덕분에 1회 첫 방영분이 아주 잘 나온 것 같았다.

'이 대결만 잘 나오면 정말 완벽한데!'

모두의 관심과 기대 속에서 마침내 대결이 시작되었다. 내내 까불거리고 장난스러운 박영호였지만, 게임에 임하자 더없이 진지해졌다.

삽시간에 일벌레를 나눠서 식량 자원 채집에 투입하고, 하늘 군주를 1시를 향해 정찰시켰다.

"와, 이러니까 진짜 프로게이머답다. 난 지금껏 개그맨인 줄 알았는데."

옆에서 뭐라고 말하거나 말거나 게임에 극도로 집중하고 있는 박영호.

"완전 반전 매력이네. 은근 매력 있어."

"헤헤, 정말요?"

돌연 옆을 돌아보며 헤벌쭉 웃는 박영호.

"에헤이! 게임에 계속 집중하셔야지 반전 매력이 나오죠!"

"오케이, 오케이."

다시 게임에 몰두하는 박영호. 그러나 게임 하는 와중에도 앞머리를 쓸어 올리거나 '저 멋져 보이죠?'라는 질문 등으로 끊임없이 개그를 했다.

맵 오염된 성좌.

본진을 중심으로 앞마당과 뒷마당이 붙어 있어 확장 기지 2개를 가져가기 용이한 이 지형은 자원 회전이 빠른 괴물에게 유리했다.

박영호는 앞마당과 뒷마당에 모두 부화실을 펼쳐 부유하게 출발했다. 그러면서 일벌레로 정찰을 보내놓고는,

—CSJ : 살살 부탁드립니다^^ 설마 치즈 러시 같은 걸 하시진 않겠죠?

—Kaiser : 실력 테스트일 뿐이니 그렇게까지는 하지 않습니다. 정석 빌드로 가겠습니다.

"어익후, 감사해라. 지금 내가 허접이라고 봐주는 거네?"

박영호는 히죽거리며 웃었다.

"그럼 난 안심하고 째야지!"

"와, 정말 치사하시네요."

"저도 이러고 싶지는 않은데, 이디까지나 방송이니까 재미를 주려면 어쩔 수 없잖아요. 인정?"

지창수는 낄낄거렸다.

박영호의 앞마당에 일벌레가 바글거렸다. 뒷마당 또한 부화실이 완성되면 일벌레가 붙어서 확장 기지가 활성화될 터였다.

촉수탑 하나 안 박고 일벌레만 계속 뽑아 자원을 무궁무진하게 채집하고 있는 것이었다.

"와, 심하다."

게임을 아는 지창수가 혀를 내둘렀다.

"원래 세상이 다 그런 거죠. 세상 사람들이 착각하는 게 있는데, 이기는 게 프로지 잘 싸우는 게 프로가 아니에요."

사뭇 진지하게 말하는 박영호였지만, 그의 입가에는 비열한 미소가 걸려 있어 전혀 멋진 그림이 나오지 않았다. 한없이 개그일 뿐이었다.

그런데 그때, 이신이 2번째 정찰을 보낸 건설로봇이 앞마당에 나타났다. 건설로봇은 출입구를 통해 본진에 들어가려 했다.

"어허, 안 되지."

박영호의 잽싼 손놀림.

일벌레 1마리가 출입구를 블로킹해 본진으로 들어가는 것을 차단했다.

"와, 반사 신경 대박."

"이 정도는 해줘야죠."

가로막힌 건설로봇은 다시 뒤로 물러나더니, 뒷마당에 다시 나타났다.

뒷마당에 펼쳐지고 있는 부화실을 이신의 건설로봇이 확인했다.

"수정관 안 짓고 부화실만 3개째인 걸 상대가 봤죠? 이러면 자원 차이가 엄청나게 벌어지기 때문에 상대가 좀 뜨악합니다."

박영호는 실실 웃으며 친절하게 설명했다.

"이거 가만 놔두면 큰일 나거든요. 그래서 참호 러시라도 한 번 와서 견제해야 하는데, 치즈 러시 안 하기로 했으니까 그럴 수도 없고요."

"그럼 그냥 이긴 거 아닌가요?"

"이걸 그냥 놔둔다면 말이죠. 아무리 상대가 아마추어라도 그 양반 성격이면……."

아니나 다를까.

이신의 건설로봇이 별안간 앞마당에 나타나 참호를 건설하기 시작했다.

"왔네, 왔어."

"어, 참호 러시!"

"자, 당황할 필요가 없어요. 일단 일벌레 동원하고요."

일벌레 7마리가 우르르 튀어나왔다.

"그리고 이렇게."

박영호는 일벌레를 동원해서 참호를 짓는 건설로봇을 공격하면서, 그 와중에 채팅까지 쳤다.

—CSJ : 헐, 치즈 러시 안 하신다면서요? 너무하심ㅠㅠ

지창수와 박태호 PD가 웃음을 터뜨렸다.

정말 능청스러운 박영호였다. 건설로봇이 참호 짓던 걸 중단하고 뒤로 물러났다.

건설로봇 1기와 보병 2기가 추가로 나타났다.

—Kaiser : 이건 치즈 러시가 아니고 견제입니다.

—CSJ : 비겁한 변명입니다. 실망임.

채팅을 치면서도, 박영호의 컨트롤이 이어졌다.

일벌레들이 삽시간에 부채꼴로 펼쳐져 이신의 병력을 덮쳤다.

이신은 보병의 무빙 컨트롤로 일벌레를 1마리 사살하고 뒤로 빠졌다.

교전이 벌어진 순간, 박영호의 표정이 순간적으로 진지해졌다. 건설로봇이 일벌레들을 블로킹했지만, 일벌레 3마리가 우회해서 한 보병을 공격했다.

—키익!

—으악!

일벌레와 보병이 하나씩 죽었다.

그때, 박영호의 일벌레들이 일제히 철수했다. 대신 본진에서 바퀴 6마리가 튀어나왔다.

이신은 참호 건설을 취소해 버리고 철수해 버렸다.

박영호는 실실 웃었다.

"기막히게 잘 막았죠?"

"와, 진짜 제대로 철벽 디펜스."

지창수는 가볍게 박수를 치며 감탄했다.

바퀴 6마리는 거꾸로 이신의 본진을 향해 달려갔다.

아마 이신 역시 별달리 방어가 되어 있지 않을 거라고 판단한 것이었다.

물론 건설로봇을 동원해 본진 출입구를 블로킹하고 뒤에서 보병이 총을 쏘는 형태면 막아낼 수 있다.

박영호의 목적도 그것. 디펜스에 건설로봇을 동원하게 해서 일을 못 하게 하면 자원적으로 손해를 입힐 수 있는 것이었다.

—CSJ : 에헤헤~! 달려라 바퀴!

"아니, 그런 채팅을 치시면 제 이미지가 어떻게 되겠어요!"

옆에서 지창수가 항의하자 낄낄거리는 박영호.

생각보다 훨씬 재미있는 장면이 잘 나와서 박태호 PD의 얼굴은 더욱 흐뭇해졌다.

그런데 그때였다.

"오오!"

"우와!"

지창수와 박태호 PD의 입에서 감탄이 터져 나왔다.

건설로봇 1기가 갑자기 달아나는 속도를 늦추더니, 바퀴 6마리의 진로를 절묘하게 가로막는 것이었다.

블로킹했다가 도망쳤다가 다시 진로를 살짝 가로막았다가 빠졌다가…….

바퀴들의 동선을 예측하고 절묘하게 진로 방해하는 컨트롤!

그렇게 바퀴들의 진격을 늦춰놓으니, 앞마당에 이르렀을 때쯤에는 참호가 하나 완성되어 있었다.

"와, 역시 이신."

"신은 신이다."

박영호는 들어가지 않고 앞마당 앞에서 시위만 벌였다.

멀티태스킹!

박영호는 본진과 앞마당·뒷마당에서 계속 빌드 오더를 진행해 나가면서도, 바퀴 6마리로 하여금 계속 위협을 가해 상대를 긴장시켰다.

"와, 진짜 프로게이머다."

"그럼 가짜 프로게이머겠어요?"

그렇게 만담을 주고받을 때였다.

—Kaiser : 너 누구야?

"알아차렸어요!"

지창수가 웃으며 소리쳤다.

박영호도 낄낄거리며 채팅을 쳤다.

—CSJ : 갑자기 왜 반말을;;;

—Kaiser : 이철한이야, 박영호야?

"헐!"

박영호가 기겁을 했다.

"어떻게 알았지?"

지창수도 놀라기는 마찬가지.

"뭔가 선수마다 스타일 특징이 있어서 알아차린 건가요?"

"제각기 스타일이 있긴 하지만 지금까지만 봐서는 모를 텐데. 저 양반 귀신인가?"

박영호는 신기하게 여기면서도 채팅 드립을 멈추지 않았다.

—CSJ : 신아, 오랜만이네^^ 형 성준이야.

박영호는 JKT 소속의 괴물 플레이어인 오성준의 이름을 댔다.

오성준은 개인리그 통산 2회 우승자 출신으로, JKT의 리그 우승까지 이끌었었던 레전드였다.

올해 27세로 당연히 이신보다 형이었다.

—Kaiser : 헛소리하지 말고.

이신은 속지 않았다.

—Kaiser : 뒷마당 농토 뒤에 쐐기충 둥지 지어져 있으면 넌 박영호야.

"와 씨!"

박영호는 놀라 소리를 질렀다.

정말로 그는 뒷마당 농토 뒤에 쐐기충 둥지를 지었던 것이다.

이신은 레이더로 박영호의 뒷마당을 찍어보았고, 쐐기충 둥지를 확인했다.

—CSJ : 내가 영호 가르쳤잖아^^ 걔 나 따라하는 거야.

—Kaiser : 영호면 넌 맞는다?

—CSJ : 신아, 형 많이 당황스럽네. 우리 신이 많이 컸다;;;

끊임없이 이어지는 개드립으로 모두를 웃기는 박영호. 하지만 그러면서도 박영호는 독침충을 대량으로 생산하기 시작했다.

이신이 레이더로 쐐기충 둥지를 확인한 순간, 그걸 페이크 삼아 거꾸로 독침충을 생산하기 시작한 것이다.

부화실을 늘려 짓고 병력을 마구 뽑으니, 순식간에 독침충이 대량으로 모였다.

—Kaiser : 게임 다시 해.

맵 선택이나 초반에 치즈 러시를 하지 않기로 한 약속이나, 이신에게 너무 불리한 싸움이었다.

그런 상황 속에서도 웬만한 상대를 모두 꺾어왔던 이신이었지만, 지금 상대는 바로 철벽괴물 박영호였다.

—CSJ : 신아, 게임은 한 번 시작했으면 끝을 봐야지^^ 환열이 형이 그렇게 가르쳤니?

"아, 이거 너무 재밌다."

박영호와 지창수가 벌써부터 죽이 맞아서는 배를 잡고 낄낄거렸다.

—Kaiser : 방금 성준이 형한테 전화했다.

—CSJ : 헉;;;

—Kaiser : 좋은 말로 할 때 리겜 가자.

—CSJ : 성준이 형 번호를 어떻게 알아요?

—Kaiser : 몰라. 전화 안 해봤어.

—CSJ : ;;;;;

—Kaiser : 맵 다시 고르고 제대로 붙자.

—CSJ : 속았다ㅠㅠ

박영호는 한숨을 쉬고는 채팅을 쳤다.

—CSJ : 알았어요.

—CSJ : 근데 이번 판은 마저 해야죠? 설마 게임 다 져 놓고 다시 하자는?^^

끝까지 얄밉게 구는 박영호.

—Kaiser : ㅎㅎ

—Kaiser : GG

—Kaiser 님께서 퇴장하셨습니다.

"푸히히히! 완전 열 받았다."

신경질이 난 나머지 한영 변환을 까먹고 채팅을 쳐서 GG 대신 'ㅎㅎ'가 나와 버린 것.

그렇게 개그와 예능이 풍성했던 첫 게임은 박영호의 승리로 돌아갔다.

박영호는 자신의 가방에서 이어폰을 꺼내며 말했다.

"이번에는 이거 끼고 제대로 해야 할 것 같아요."

"예, 그러세요."

"좋은 경기 부탁드립니다."

박영호는 이어폰을 끼고서 다시금 이신과 경기에 임했다.

맵은 투지.

이신과 박영호는 아까와는 달리 제대로 실력 발휘를 하기 시작했다.

싸움은 치열하게 전개되었다.

이신은 보병·의무병 등 병영체제로 공격을 끝없이 퍼부었고, 박영호는 그걸 전부 막아내면서 쐐기충으로 역으로 견제를 가서 본진을 급습했다.

그러자 이신은 공중 공격에 특화된 비행 유닛 로켓 프리깃으로 맞대응.

공방이 치열하게 오가는 가운데, 싸움은 길어졌다.

웃음기 하나 없는 혈전!

급기야 장기전이 되자 이신은 기갑체제로 전환해서 기동포탑과 고속전차를 대량으로 모으기 시작했다.

박영호의 공격이 한차례 폭풍처럼 펼쳐져서 이신의 확장 기지를 2개나 밀어버렸다.

"이긴다!"

옆에서 지켜보던 지창수가 손에 땀을 쥐며 소리쳤다. 하지만 끝내 버텨낸 이신이 그 병력을 모조리 잡아먹어 버리고는 역습을 개시했다.

기동포탑·고속전차·기계보병이 일제히 진격! 그러면서 무너졌던 확장 기지들도 다시 복구해 나갔다.

펑! 펑! 펑!

사방팔방에서 괴물주술사가 마구 흑안개를 펼치면서, 박영호의 철벽 방어가 시작되었다.

퍼퍼퍼퍼퍼펑—!!

우렁찬 굉음과 함께 포격을 가하는 기동포탑들.

이번에는 박영호의 확장 기지 하나가 무너져 버렸다.

이신은 신중하게 한 걸음 한 걸음 나아가며 조금씩 숨통을 조여 왔다.

이제 이신의 병력은 조금씩 박영호의 생명줄과 같은 또 다른 확장 기지로 향하고 있었다.

"그래, 와봐."

박영호가 중얼거렸다.

한순간에 총공세가 막히고 역습을 당해 궁지에 몰린 상황.

그런 긴박한 위기 속에서도 박영호는 눈빛을 시퍼렇게 뜨고 있었다.

"와보라고."

박영호가 다시금 중얼거렸다.

그 목소리를 듣기라도 한 것일까?

마침내 이신이 박영호의 숨통을 끊기 위해 최후의 공격을 감행했다.

그리고 바로 그 순간이었다.

—꺄아악!

—꺄아악!

요란한 소리를 내며 날아오는 한 무리의 괴물 유닛들. 날개가 달린 사람과 비슷한 형태의 그 유닛의 이름은 바로 여왕괴물. 직접 공격을 못하지만 온갖 마법을 사용하는 위력적인 유닛이었다.

12기나 되는 여왕괴물은 바로 박영호가 마지막 승부수로 삼기 위해 꽁꽁 숨긴 채 모은 것이었다.

여왕괴물이 대량으로 나타나 기생충을 살포했다.

—끼리릭!

—끼리릭!

—끼리릭!

기생충이 기분 나쁜 소리를 내며 달라붙자 기동포탑이 삽시간에 파괴되었다.

—퍼어엉!

—퍼어엉!

그렇게 무려 12기의 기동포탑이 한순간에 쓸려 나갔다.

여왕괴물 12마리로 일일이 기생충 살포를 시킨 박영호의 손놀림은 실로 전광석화였다.

기동포탑을 대량으로 잃자, 기다렸다는 듯이 바글거리는 바퀴들과 거대한 공성벌레가 일제히 달려들었다.

이신은 판단이 빨랐다.

즉각 남은 병력을 후퇴시킨 것.

박영호는 질풍 같은 스피드로 추격하면서 도망치는 이신의 병력을 계속해서 잡아먹었다.

이제 누가 봐도 다시 승부의 추가 박영호에게로 기운 상황.

박영호는 여왕괴물이라는 카드로 이신의 역습을 물리치고 재역전을 일귀낸 것이었다.

실로 철벽괴물이라는 이름에 걸맞은 초인적인 방어력.

잠시도 눈을 뗄 수 없는 명장면의 향연에 지창수는 멍한 표정을 지었다.

박영호는 이신의 본진을 쓸어버렸다.

초토화된 이신의 본진. 하지만 승부는 그걸로 끝난 게 아니었다.

스르륵—

묘하게 익숙한 효과음이 박영호의 귀에 들렸다.

현역 최고의 괴물.

박영호를 표현하는 수식어였다.

그 효과음을 스치듯이 듣자마자 그것이 어떤 유닛의 효과음인지를 알았고, 그 유닛을 뽑은 목적이 무엇인지를 유추했고, 곧바로 반사적으로 대응했다.

12마리의 여왕괴물을 한순간에 산발적으로 사방팔방에 흩어놓았다. 왜냐하면 그것은 스텔스 전투기 편대의 스텔스 모드 효과음이었기 때문이었다.

—쫘아악!

—쫘악!

스텔스 전투기 편대가 여왕괴물을 1마리씩 격추시켰다. 스텔스 전투기들은 신속하게 공중을 누비며 여왕괴물을 사냥했다.

그나마 여왕괴물들을 사방으로 뿔뿔이 흩어져 도망치게 했기 때문에 절반 가까이를 살릴 수 있었다.

하지만 그때부터는 다시 이신의 시간이었다.

스텔스 전투기 편대가 하늘을 누비며 곳곳에서 견제를 펴부었다.

이미 전 맵의 자원이 바닥난 상황.

박영호는 비행 유닛인 쐐기충을 뽑아서 맞대응할 여력이 없었다.

다만 폭탄충과 하늘군주를 모아 다니며 스텔스 전투기에 맞설 뿐이었다.

화려한 컨트롤이 나왔다.

다가오는 폭탄충을 하나하나 잡아내는 터닝 샷을 연속으로 펼치며, 이신은 천천히 잃었던 승기를 다시 찾아오기 시작했다.

최후의 순간이 왔다.

박영호는 일벌레까지 모조리 동원해서 총공격을 펼쳤다.

콰콰콰콰쾅—!!

기동포탑의 포격.

포화를 뚫고 일벌레와 바퀴들이 진격했다. 하늘군주에 태워 드롭까지 시도한 총력전이었다.

스텔스 전투기가 분주하게 날아다니며 미친 활약을 펼쳤다.

박영호는 수많은 유닛을 정교하게 컨트롤하며 일사불란하게 이신의 진영을 초토화시켜 나갔다.

"어어어!"

"이거 이기는 거 아니에요?"

지창수와 박태호 PD가 놀라 소리쳤다. 모두가 손에 땀을 쥐고 지켜보고 있었다.

아슬아슬하게 부족했다.

박영호의 입장을 대변하는 한마디였다.

이신의 진영이 거의 초토화되었지만, 아슬아슬하게 섬멸시키지는 못했다.

우습게도 승부의 차이는 이신의 진영에만 아주 약간 남아있는 자원 몇 덩어리와 스텔스 전투기 4기 정도였다.

고작 그 정도였다.

박영호는 자원도 유닛도 더 이상 남아 있지 않았다.

모든 것을 소진한 맵 투지의 쓸쓸한 풍경 속에서 스텔스 전투기 몇 기만이 외롭게 날아다니며 박영호의 진영을 공격하고 있었다.

아마 박영호가 GG를 선언하지 않는다면, 이신은 상대를 섬멸시켜 승리를 얻기까지 15분가량의 시간이 더 필요할 터였다.

—Runner : GG.

"와……."

지창수가 외마디의 탄성을 터뜨렸다.

이토록 치열한 경기는 처음 보았다.

박영호의 얼굴에 지금껏 촬영을 하면서 보지 못했던 괴로움이 드러나 있었다.

역전이 수없이 반복되었던 처절한 장기전. 누가 이겨도 이상할 게 없었던 싸움이었다.

하지만 승자와 패자의 갈림길은 명확했다.

"아, 미치겠네. 잠깐 촬영 좀 중단해 주세요."

박영호는 자리에서 일어나 거실 소파로 가서 주저앉았다.

너무 분해서 괴로워하는 모습에 지창수가 위로했다.

"그래도 잘하셨어요. 이길 수도 있었는데 너무 아쉬웠어요."

"진 게임 중에 잘한 게임이 어디 있어요. 아, 나 진짜 왜 이렇게 게임 못하지. 그냥 접을까."

그 신세 한탄에 지창수와 박태호 PD는 황당함을 느꼈다.

저런 경기력을 보여준 박영호가 게임을 못하면, 대체 누가 잘하는 거란 말인가?

"너무 괴로워하시네요."

"승부욕이 되게 강하신 것 같아요."

"촬영 계속하려면 어떻게 위로를 좀 해줘야겠는데요?"

"오케이, 저한테 맡겨주세요."

지창수가 자신만만하게 박영호에게 다가갔다.

박영호는 손을 휘휘 저었다.

"잠깐 저 좀 혼자 있게 해주세요."

"걸그룹 좋아하세요?"

"…걸그룹이요?"

박영호의 목소리에 조금씩 활기가 돌아오기 시작했다.

"좋아하는 걸그룹 있으면 말만 하세요. 제가 사인 받아줄게요. 아니, 만나게 해줄게! 아니다, 아예 우리 방송에 섭외도 하자! 어때요, PD님?"

"깜짝 게스트로 섭외하는 거라면 가능할 겁니다."

"……."

울 것 같았던 박영호의 얼굴이 조금씩 펴지고 있었다.

"어어? 웃는다, 웃는다!"

"아 진짜! 무게를 못 잡게 해! 나도 좀 진지해져 보자!"

박영호가 지창수를 때렸다. 지창수를 낄낄거렸다.

*　　　*　　　*

"와아아아!"

"이겼다!"

"완전 지렸다!"

올도어SCC 연습실에서도 환호성이 터져 나왔다.

"징그러운 놈."

간신히 승리를 따낸 이신은 진땀을 닦으며 중얼거렸다.

"여왕괴물은 또 어디다 숨겨 놨었던 거야."

"와, 정말 잘하세요!"

유지나의 눈빛이 반짝반짝 빛나고 있었다.

마치 이신의 사생팬 같은 모습이었는데, 그녀가 실제로 이신교의 대사제라는 것은 이 자리의 누구도 모르는 비밀이었다.

"결국 지창수 씨 실력은 확인 못 했네요. 근데 지창수 씨한테도 스승이 붙는 겁니까?"

"네, 그렇게 들었어요. 이신 씨한테는 놀라게 해드리려고 비밀로 했지만요."

"그럼 더 이기기 힘들어지는데……."

"에이, 이신 씨가 잘 가르쳐 주시면 되죠. 열심히 할게요."

뜬금없이 어마어마한 혈전을 치르는 바람에 진이 다 빠져 버린 이신.

그나마 잔뜩 의욕을 보이는 유지나의 태도가 기분을 나아지게 하고 있었다.

"아무튼 시간이 많지 않으니, 일단은 기초부터 배우는 게 좋겠습니다."

"좀 쉬지 않으시고요?"

이신은 대답대신 손가락을 딱 튕겼다.

"네, 선생님."

마치 시종처럼 쪼르르 달려온 소년은 바로 차이였다.

"일꾼 가르기 가르쳐 드려."

"네."

"전 좀 쉬다 오겠습니다."

이신은 차이에게 유지나를 맡긴 채 선수 휴게실로 가버렸다.

정말 박영호 때문에 진이 다 빠지기도 했고, 자신 말고 다른 선수를 좀 더 방송에 부각시킬 생각도 있었다.

이신의 생각에 방송에 나와서 시선을 끌 수 있을 만한 캐릭터는 일단은 자신의 제자들이었다. 다들 외모도 괜찮고, 일단은 외국인이라서 화제가 되기 때문이었다.

이신의 의도대로 차이는 촬영에 훌륭히 임하였다.

유지나에게 가장 기초적인 일꾼 가르기를 가르치면서, 종종 이신과 같이 살면서 생기는 에피소드들을 양념처럼 뿌리는 것이었다.

"아까 차이를 부를 때 말도 없이 그냥 손가락만 튕기던데……."

유지나의 물음에 차이는 웃으며 대답했다.

"말을 하는 걸 굉장히 귀찮아하세요."

"어머머, 이름 부르는 것도 귀찮을 정도로요?"

"네. 원래는 제 이름과 용건을 같이 말하셨는데 시간이 지나니까 제 이름하고 핵심 단어만 툭 내뱉으시고, 나중에는 이름만 불러도 제가 알아서 용건이 뭔지 눈치채게 됐어요. 이젠 아예 제 이름도 안 부르고 손가락을 튕기시고요."

"어머머, 세상에."

유지나는 손뼉을 치며 웃었다.

함께 지내면 지낼수록 점점 말이 사라지게 되는 이신의 기이한 대인 관계였다.

"정말 방송 출연을 왜 그렇게 싫어하시는지 알 만하네요."

"이것도 굉장히 이례적인 일이죠."

"와, 토크쇼 나가라고 하면 아주 학을 떼시겠네요."

"침묵의 토크쇼가 되지 않을까요?"

"호호호!"

유지나가 웃음을 터뜨렸다. 그렇게 좋은 분위기 속에서 촬영이 진행되는 동안, 이신은 휴게실에서 휴식을 취했다.

파앗!

마력을 오른손 검지에 낀 반지에 주입하자, 안락한 기운이 스멀스멀 밀려오면서 몸의 피로가 노곤하게 풀렸다.

지친 정신이 맑아지고 몸에 확연하게 활기가 돌기 시작하는 짜릿한 기분이었다.

이신은 소파에 몸을 뉘여 눈을 감았다.

그때, 감미로운 목소리가 귓가를 간지럽혔다.

"차 한잔 갖다드릴까요?"

"네."

이신은 눈을 뜨지도 않고 반사적으로 대답했다.

하지만 이내 번쩍 눈을 떴다. 그리고 퍼뜩 목소리가 들려온 방향을 돌아보았다.

그레모리가 미소를 짓고 있었다.

"안녕하셨어요?"

"예."

올도어SCC의 선수 휴게실이 아니었다.

그레모리의 궁전.

고풍스러운 매력이 느껴지는 원목 가구들로 채워진 그녀의 침실, 그것도 침대 위였다.

놀란 이신이 자리에서 일어나려 했지만, 이상하게도 어떤 보이지 않는 무형의 힘이 그를 부드럽게 내리눌렀다.

"누워 계세요."

"괜찮습니다."

"능력으로 회복할 수도 있지만, 피로할 때 취하는 수면만큼 달콤한 것은 없잖아요?"

그레모리가 늘 잠을 자는 침대 위였던 탓에 야릇한 기분이 들어 어서 빠져나가려 했지만, 그녀에게 제지당한 탓에 이신은 하는 수 없이 포기하고 그대로 잠을 청했다.

잠시 후, 시녀가 가져온 차의 향이 더욱 이신을 편안하게 만들었다.

"조금 있다가 봐요."

그레모리는 이신의 이마를 부드럽게 쓸어 넘겨주었다. 마치 어린 아이를 보살피는 어머니와 같은 태도였다.

"예……."

이신은 그대로 수마에 빠져 버렸다.

*　　　*　　　*

잠에서 깨어났을 때, 그레모리는 여전히 그의 옆을 지키고 있었다.

"제가 얼마나 잤습니까?"

숙면을 취했는지 몸의 피로가 싹 사라지고 굉장히 상쾌했다.

그레모리는 웃으며 답했다.

"5분."

"예?"

고작 5분이라니?

깜짝 놀란 이신이었지만 이내 수긍했다.

이곳은 마계였고, 그것도 그레모리의 침실이었으니까.

"다음 상대가 누구입니까?"

이신은 자신이 서열전 때문에 불려왔다는 것을 알고 있었다.

서열전을 앞두고 마계로 부름을 받는 것은 계약에 명시된 사항.

계약에 명시된 부름일 시에는 그레모리는 달리 양해를 구하지 않고 부르곤 했으니 말이다.

"먼저 알려드릴 사항이 있어요."

"뭡니까?"

"바로 위 서열에서 서열전이 여러 차례 있었는데, 무려 셋이나 되는 악마군주들이 제 아래까지 추락해 버렸죠."

"그럼……?"

"전 현재 62위가 되었죠."

"그럼 우리가 도전을 받는 쪽이로군요."

이신은 계산이 빨랐다.

셋이나 되는 악마군주가 서열전에서 패배해 그레모리의 아래까지 서열이 추락했다는 것은, 그만큼 큰 배팅에 실패했다는 뜻이었다. 반대로 말하면 큰 배팅에서 이긴 악마군주들은 마력량이 상승했을 터였다.

그렇게 마력의 상승도 없이 어부지리로 서열이 세 계단이나 상승했으니, 바로 위인 61위 악마군주와의 격차는 클 수밖에 없었다.

그렇다면 이번에 있을 서열전은 추락했던 악마군주들 가운데 한 명이 그레모리에게 도전한 경우밖에 없었다.

"맞아요. 현재 63위 서열에 있는 악마군주는 시메이에스라고 해요. 문학적 지식과 적과 싸우는 용기를 부여하는 능력을 가진 악마군주죠."

문학적 지식과 용기.

그 말만 들으면 악마가 아니라 천사라고 해도 이상하지 않았다.

하지만 악마군주이니만큼 그 능력을 사악한 방향으로 사용하는 데 능할 터였다.

'간만에 서열전이군.'

서열 변동이 이렇게 심하다는 것은 그만큼 이 50위 대 후반에서 60위 대 초반 사이에서 서열전이 활발하게 벌어지고 있다는 뜻.

마침 프로리그 시즌도 끝나서 한가했는데 잘됐다고 이신은 생각했다.

제9장

자유

어둠이 드리운 성당.

끼이익—

한 청년이 램프를 들고 나타났다. 램프 안에 든 촛불의 불빛이 어둠 속에서 애처롭게 빛을 냈다.

그 작은 빛 속으로 청년의 낡고 헤진 옷차림이 드러났다.

청년은 뚜벅뚜벅 걸어가 십자가에 못 박힌 그리스도의 앞에 이르렀다.

램프를 내려놓고, 무릎을 꿇고 기도를 한다.

무언가를 간절히 바라는 것일까. 청년은 모은 두 손을 꽉 쥐고 기도를 했다.

그런데 바로 그때였다.

—막시밀리앙.

"헉?!"

청년은 놀라 눈을 부릅떴다.

주위를 둘러보다가 눈앞에 있는 십자가에 매달린 그리스도를 바라보았다.

"주여?"

—막시밀리앙.

"주여, 정말 당신이시나이까?"

—막시밀리앙.

목소리는 굳이 부정도 수긍도 하지는 않았다.

하지만 막시밀리앙이라 불린 청년은 자신에게 기적이 내려진 것이라 생각하고 감격했다.

"오오, 주여!"

—길 잃은 어린 양이여, 무엇을 그리도 간절히 원하는 것이냐?

"주여, 주께서 이렇게 존재하시고 역사하시온데, 어째서 이 세상은 이렇게 불평등하고 고통받는 이들이 거리에 넘쳐흐르는 것인지요?"

—막시밀리앙, 너희의 삶을 나에게 대신 살아달라고 말하고 싶은 것이냐?

"……."

—때로 기쁘고, 때로 화나고, 때로 슬프다가도 때로는 즐겁고, 그 모든 것은 너희의 것이 아니더냐?

"그, 그렇습니다."

청년 막시밀리앙은 신비의 음성에 실린 묘한 압도감에 질려 수긍했다.

—이미 너희는 다 받았는데 왜 신을 찾는 것이냐? 주위에 보이는 것이 정녕 화나고 슬픈 것뿐이라면, 어째서 너희는 스스로 그것을 바꾸고자 하지 않는 것이냐?

"그것을 우리가 바꿀 수 있는 것인지요?"

—너희는 이미 모두 받았다. 때문에 너희는 바꿀 수가 있지. 또한 너희가 바꾸어야 하고.

"주여, 저는 법률가가 되고자 합니다. 곤경에 처한 어려운 사람을 도우며 살고 싶습니다. 하지만 저에게 주께서 말씀하신 것은 너무 크고 어렵습니다. 어째서 제게 그런 말씀을 해주시는 것인지요?"

—왜냐하면 너는 할 수 있기 때문이지.

"제가요?"

—그래, 막시밀리앙.

"주여, 저는 할 수 없습니다. 저에게는 그런 힘이 없습니다."

—아직 네가 갖지 않은 한 가지가 있지. 하지만 내가 그것을 줄 수 있다.

"제, 제가 역대의 수많은 선지자와 같은 힘을 받는 것입니까? 정녕 제가 주님께 선택을 받은 것입니까?"

—막시밀리앙, 이것은 계약이다. 너는 나를 따르겠느냐? 그럼 나는 너에게 네 뜻대로 세상을 바꿀 수 있는 힘을 주겠다.

"따르겠습니다, 주여! 저는 지금까지도 앞으로도 영원히 주님의 시종입니다."

막시밀리앙은 십자가에 매달린 그리스도를 보며 감격하여 소리쳤다.

―이놈!

별안간 음성이 크게 노하였다.

―눈앞에 보이는 그 허상을 보지 마라! 눈을 감고 나를 느껴라!

그제야 막시밀리앙은 눈을 질끈 감았다.

―내가 느껴지느냐?

마음속으로 파고드는 목소리.

막시밀리앙은 기묘한 위화감을 느꼈다. 하지만 그는 그것이 신을 영접한 기분이라고 생각했다. 음성에서 풍겨오는 불길함과 두려움이 신에 대한 경외감이라고 착각해 버린 것이었다.

"느껴집니다."

―영원히 나를 따르겠느냐?

"예, 영원히 당신의 뜻대로 살겠습니다."

돌이킬 수 없는 맹세가 이루어졌다.

―계약은 이루어졌다. 내가 너에게 필요한 그 한 가지 힘을 주겠다.

음성이 이어졌다.

―용기.

"용기 말씀이십니까?"

—그렇다. 네 이상을 가로막는 적들을 두려워하지 않고 단호할 수 있는 용기를 주겠나. 네가 그 용기를 가지고 뜻을 펼쳐나갈 때, 바라마지않던 이상향이 펼쳐질 것이다.

"이상향……."

—그래, 이상향이고말고. 푸흐흐흐…….

그렇게 악마군주 시메이에스의 계약자가 탄생하였다.

그리고… 광풍과도 같은 세월이 흘렀다.

죽음과 혼란의 격변기 속에서, 그 시대를 주도했던 남자 막시밀리앙은 끝내 단두대에 섰다.

"죄인은 마지막으로 할 말이 있느냐?"

막시밀리앙은 대답을 하지 않았다.

"마지막으로 할 말이 있거든 해보란 말이다!"

"해라!"

"말해라!"

단두대에 모인 수많은 군중이 환호하며 소리쳤다.

청년과 그의 뜻에 동조한 수많은 사람이 단두대의 이슬로 사라지게 되었지만 군중은 그 잔혹한 처형이 어릿광대의 쇼라도 되는 양 열렬히 반기고 있었다.

막시밀리앙은 고래고래 소리 지르고 흥분한 군중을 가만히 훑어보았다.

'가여운 사람들.'

그는 모두가 자신의 죽음을 반기는 그 순간에도, 그러한 사람들을 가엾게 여겼다.

그들은 그저 괴로웠던 것이었다.

현실이 너무도 괴롭고 고단하여서, 폭풍처럼 몰아치는 분노에 덩달아 자신을 맡겨 버린 것이었다.

수없이 선동되어 이용당하는 가여운 사람들. 언제나 가장 먼저 희생되는 사람들…….

—네가 그 용기를 가지고 뜻을 펼쳐 나갈 때, 바라마지않던 이상향이 펼쳐질 것이다.

옛날, 머릿속에 울려 퍼졌던 음성이 떠올랐다.

'정말 오는 것입니까, 주여. 그런 세상이 언젠가는 오는 것입니까? 전 틀린 게 아닙니까?'

막시밀리앙의 눈가에 눈물이 고였다.

'그거면 됩니다. 그거면 저는 족합니다. 주여, 이제 저를 당신의 품에 받아주소서. 언제나 진심을 다해 살았고, 한 치도 도덕적으로 흐트러짐이 없는 삶을 살았습니다. 이런 제가 자격이 된다면 받아주십시오. 이제 그만…….'

결국 단두대는 그의 생명을 앗아가 버렸다.

죽는 순간에도 그는 옛날의 젊은 시절과 마찬가지로 깔끔하지만 남루한 옷차림 그대로였다.

부패할 수 없는 자(incorruptible)라 불릴 정도로 도덕적인 삶을 살았던 그는, 용기를 다해 자신의 순수한 이상을 펼쳤고 수십만 명을 학살했다.

목숨을 잃은 막시밀리앙의 영혼은 어딘가로 향하였다.

—막시밀리앙.

'주여?'

자신의 혼이 강물에 떠내려가는 입새처럼 어딘가로 맹목적으로 흘러가는 걸 느끼고 있던 막시밀리앙은 별안간 들리는 목소리에 정신을 차렸다.

—막시밀리앙.

'주여, 정말 당신이시나이까?'

성당에서 처음 만났던 그때처럼, 막시밀리앙이 물었다.

—막시밀리앙.

그때와 마찬가지로 음성은 긍정도 부정도 하지 않았다.

'주여… 저는 이제 어디로 가는 것입니까? 제가 감히 당신의 나라에 갈 수 있는 것입니까?'

—나의 나라에 올 수 있지. 그렇고말고.

'주여……!'

막시밀리앙은 오열을 했다.

—하지만 이제는 말을 해주어야겠군.

'…예?'

—눈을 떠라.

그러자 막시밀리앙은 눈을 떴다.

신기하게도, 죽은 줄만 알았던 자신이 닫혔던 눈꺼풀을 뜨고 앞을 바라보았다. 살아 있는 것처럼 보고 듣고 느낄 수가 있었다.

—이제 나를 봐라.

이에 막시밀리앙은 눈앞의 존재를 바라보았다.

투레질을 하는 사나운 검은 말을 탄 채 황금빛으로 번쩍거리는 무구로 무장을 한, 검은 피부를 가진 늠름한 전사가 보였다.

하지만 그에게 뿜어져 나와 육체와 말을 휩싸고 있는 시커먼 기운은 결코 신성함과 거리가 멀었다.

오히려 저것은…….

—내가 아직도 신으로 보이나?

"아, 악마?"

—나는 악마군주 시메이에스. 바로 네가 섬기기로 계약을 한 주인이지.

막시밀리앙은 큰 충격을 받았다.

"나를 속였다고?"

—오, 천만에.

악마군주 시메이에스는 천연덕스럽게 어깨를 으쓱했다.

—악마에게도 계약은 신성하거든. 계약에 관한 한 결코 거짓말이 있어서는 안 되지.

"또 거짓말을! 넌 분명히 내게 주님이라고……!"

—난 한 번도 그렇게 말한 적이 없었지.

그러고 보니 그랬다.

막시밀리앙의 온몸이 부들부들 떨렸다.

"주여?"

—막시밀리앙.

"주여, 정말 당신이시나이까?"

—막시밀리앙.

악마군주 시메이에스는 한 번도 그 질문을 인정한 적이 없었다. 다만 긍정도 부정도 하지 않았을 뿐이었다.

"나를 속였어! 이 악마!!"

—속인 적 없다. 네가 스스로 원하는 바가 있어 속고 싶었을 뿐이지.

"이이……!"

막시밀리앙은 크게 노했다.

그는 강력한 전사의 외양을 가진 악마군주 시메이에스에게 덤벼들었다. '용기'를 부여받은 탓에 겁먹지 않았던 것이다.

하지만…….

—막시밀리앙.

파아아앗!

악마군주 시메이에스에게서 거대한 마력의 기류가 흘러나왔다.

그 순간, 막시밀리앙은 아주 오랫동안 느껴보지 못했던 감정을 느꼈다.

덜덜덜!

온몸이 사시나무처럼 떨렸다. 그것은 바로 공포였다.

—나는 거짓말을 하지 않았다. 내가 준 힘으로 너는 뜻을 이뤘고, 분명 너로 인하여 세상은 변하고 있지.

"하지만……!"

—전부 네가 이룬 것이다. 성공도 죄악도 전부 네 뜻이었다. 그것을 내 탓으로 돌리지 말았으면 좋겠군.

"평생 주님의 뜻을 받들며 살아왔는데… 네놈 따위의 노예가 되었단 말이냐!"

막시밀리앙은 통곡을 했다.

—계약은 계약이지. 넌 이제 나를 받들며 살아가야 할 것이다. 크흐흐흐!

통곡과 광소가 교차하였다.

*　　　*　　　*

—조만간 악마군주 그레모리에게 도전을 할 것이다.

"그레모리인가."

막시밀리앙은 마치 자기 일이 아니라는 듯이 대수롭지 않게 중얼거렸다.

—지난번의 패배를 만회하려면 이번에 꼭 이겨야 할 것이다. 그렇지 않으면……!

"그렇지 않으면?"

—이번에야말로 너를 지옥 불에 처넣을 것이다!

"그도 나쁠 것 없지."

—뭐라고?

악마군주 시메이에스의 눈가가 씰룩거렸다.

막시밀리앙이 말했다.

"네가 비록 강력한 권능을 가진 악마군주라고는 하나, 없는 죄까지 만들어내지는 못할 터. 지옥에 떨어진다고 해봐야, 결국 내가 살아생전에 지었던 죄만큼의 형벌을 받는 것이니 억울할 것은 없지 않으냐."

—크흐흐흐, 지옥은 네 그 번지르르한 변론이 통하지 않는 곳이라는 걸 체험시켜 줄 수 있으면 좋으련만.

"어찌 되었든 나 역시 지고 싶어서 패한 적은 없다."

막시밀리앙이 계속 말했다.

"힘이 닿는 한 끝까지 승리할 것이다. 처음 너에게 속아 이곳에 왔을 때는 절망뿐이었지만, 이제는 나 또한 하고자 하는 목표가 생겼으니까."

—호오, 그러신가?

"비록 너의 계약자가 되었다고는 하나, 주님을 향한 나의 신실한 마음에는 변함이 없다. 나는 끝까지 내가 생각하는 정의를 위하여 싸울 것이다."

—흐흐흐, 우습구나.

시메이에스가 그런 막시밀리앙을 비웃었다.

—벌써 중급 악마씩이나 된 주제에 신실함이라니. 크흐흐흐. 심지어 그것이 아무런 꾸밈도 없는 진심이니, 이 세상에 너처럼 부조리한 놈이 또 있단 말이냐?

"너 따위가 뭐라고 하든 상관없다."

—나 또한 네가 어떤 태도로 나를 대하든 상관하지 않지. 악마에게 중요한 것은 한 가지밖에 없거든.

악마군주 시메이에스는 막시밀리앙을 똑바로 노려보았다.

—이겨라, 기필코. 비록 너의 성적이 좋아 지금껏 가만 놔두고 있지만, 넌 나에게 있어 그렇게까지 중요한 존재는 아니야.

막시밀리앙은 코웃음을 쳤다.

"물론 이길 것이다. 구원과 자유를 위해서."

—기대하지.

악마군주 시메이에스가 떠난 후, 홀로 방에 남겨진 막시밀리앙은 가만히 생각에 잠겼다.

'이번 상대가 그레모리라고?'

그도 들은 풍문이 있었다.

최하위의 서열까지 추락하여 72악마군주의 지위마저도 보전하기 힘든 지경에 이르렀던 그레모리를 62위까지 끌어올린 무서운 실력자가 그녀의 계약자로 있다는 것을 말이다.

일시적인 상승세는 있을 수 있으나, 최하위에서 62위까지 치솟은 것은 실력이 뒷받침되지 않고서는 불가능한 일이었다.

'어떤 인물인지 궁금한데, 한 번 만나볼까?'

* * *

"카이저."

그레모리가 어느 날, 영지에서 쉬고 있던 이신을 불렀다.

"악마군주 시메이에스의 계약자에게서 연락이 왔어요. 그자가 카이저를 만나고 싶어 하더군요. 일단은 거절을 해두었는데, 어떻게 할까요?"

"저를 말입니까?"

이신은 의아함을 느꼈다.

"네. 시메이에스 측이 우리에게 도전하기 위해 서열전 준비를 하고 있다는 소식을 접한 이상, 굳이 만날 이유는 없지 않을까요?"

"굳이 만남을 거절할 이유도 없어 보입니다."

이신이 말했다.

"대화를 하다가 전략을 노출하지 않을 자신도 있고, 직접 만나서 상대의 성격을 관찰하는 것이 도움이 되기도 합니다."

"그런가요? 그럼 한 번 이쪽으로 오라고 연락을 넣어볼까요?"

사실 이신도 상대가 궁금했다.

막시밀리앙 로베스피에르. 프랑스 혁명과 공포 정치로 널리 알려진 인물이었다.

그레모리의 계약자가 되고서야 역사에 관심을 둔 이신이었지만, 주로 전쟁과 관련되었기 때문에 로베스피에르에 대한 지식은 그다지 없었다.

그저 프랑스 혁명을 주도하던 인물 중 하나이자 그 혼란한 정국을 공포 정치로 통제하다가 몰락한 인물 정도로밖에 몰랐다.

'악마군주의 계약자로 있었다는 것은 그만큼 능력이 있는 인물이라는 뜻인가. 그럼 단지 내가 알고 있는 상식만 갖고 판단할 수가 없겠군.'

마침 로베스피에르에 대해 알고 있을 인물이 하나 있었다. 바로 나폴레옹의 수하였던 조아생 뮈라였다. 같은 프랑스 대혁명기의 인물이니 모를 리 없다고 생각이 들었다.

생각 끝에 이신이 입을 열었다.

"일단은 조아생 뮈라에게 연락을 넣어주십시오."

그렇게 해서 이신은 일단 조아생 뮈라를 만나 로베스피에르에 대한 정보를 듣기로 했다.

"너랑 똑같은 부류지."

조아생 뮈라의 첫마디였다.

"나와?"

의아해하는 이신에게 조아생 뮈라가 낄낄거리며 말했다.

"정말 재미없는 인간이거든! 프랑스의 최고 권력자가 되어서는 사치도 안 부려, 여자도 안 밝혀, 난 또 무슨 성직자 보는 줄 알았네. 그건 인간이 아니지. 암, 그렇고말고."

"검소했다?"

"어, 철저했지. 신앙심도 독실했고."

'보통 그런 부류는 철저한 원칙주의자지.'

이신은 딱히 원칙주의자가 아니었다. 그냥 편리에 따라 자기가 내키는 대로 살 뿐이었다.

술도 맛이 없어서 입에 안 대는 것이고, 지독스러운 훈련은 게임이 재미있어서였다.

일상생활에서 사치가 별로 없는 것은 돈 쓰러 다닐 시간이 아까워서였고, 그 때문에 오피스텔이나 롤스로이스 팬텀과 운전사 정상범 등 때때로 거하게 질러 버릴 때도 있었다.

아무튼 규칙적이긴 하나 자기가 살고 싶은 대로 사는 이신이었다.

그에 반해 막시밀리앙 로베스피에르는 자신의 욕망을 원리 원칙으로 강력하게 억누르는 인물이었다.

그런 원칙주의자가 타인에게도 자신의 원칙을 적용시키면 공포 정치처럼 과격한 형태가 되는 것이었다.

"아무튼 글쎄, 악명도 많이 떨쳤지만 사실 혁명에 기여한 사람이기도 했지. 유럽의 온 나라가 적이었고 경제난도 심각했고, 아주 세상이 요지경이었거든. 어쩌면 그렇게 극단적인 양반이 권력을 잡았기 때문에 그나마 전국(戰國)이 유지된 것이지."

듣자하니 생각보다 로베스피에르는 유능했던 사람 같았다.

당시 혁명기의 프랑스는 그야말로 요지경. 혁명을 두려워하는 유럽의 왕정국가들이 동맹을 맺어 프랑스를 공격했는데, 전선에서는 외세와 연계해서 쿠데타를 시도했던 프랑스군 총사령관이 두 명이나 있었고, 내부적으로는 경제난으로 프랑스 정부가 파산 직전이었다.

그런 상황 속에서 혁명의 승리를 위해 청설된 공안위원회의 사실상 지도자였던 로베스피에르는 민주주의적인 헌법을 포고하고 징병제를 도입하는 등 매우 급진적인 정책을 펼쳤다.

이전의 3배에 달하는 규모의 군대를, 이전의 절반밖에 안 되는 비용으로 유지할 수 있었을 정도로 로베스피에르의 정책은 성공을 거뒀다고 할 수 있었다.

"뭐, 아무튼 자세한 건 잘 모르겠지만 덕분에 불리했던 전쟁이 아군 측에 유리하게 바뀌어 나갔지. 아참, 보나파르트도 로베스피에르의 동생이 전방에 꽂아주고 지원해 준 거였어."

"나폴레옹?"

"그래그래. 내가 지금 한 얘기 대부분은 보나파르트에게 들은 거야."

"이상하군. 그렇게 정치적으로 성공을 거뒀는데 어째서 실각하고 처형당했지?"

"왜긴, 성공했기 때문이지."

"……?"

"그 양반의 열성적인 지지자들이 앞장서서 혁명군에 입대했거든. 전부 나라 지키겠다고 전쟁터로 갔는데 누가 그 사람을 정적들로부터 지켜주겠어?"

조아생 뮈라는 어깨를 으쓱했다.

"뭐, 그 양반도 워낙에 갈수록 극단적인 면도 있었고. 아무튼 생전의 이야기는 여기까지다. 정말 듣고 싶은 건 서열전이겠지?"

"그렇다."

"내가 그 양반이랑 또 붙어봤지 않겠어?"

"이겼나?"

"이겼지."

조아생 뮈라는 자랑스럽게 말했다.

"종족은?"

"휴먼."

"휴먼?"

이신은 눈을 크게 떴다.

자신과 같은 휴먼 종족을 다루는 계약자는 처음 만나보는 것이었다.

"뭘 놀라? 너도 휴먼으로 승승장구하면서."

"휴먼의 초반 약점을 어떻게 극복하지?"

"능력."

조아생 뮈라가 단언했다.

"그 양반도 장각과 마찬가지로 벌써 중급 악마야. 능력도 그만큼 발전을 이루었지."

"어떤 능력이지?"

"흐음……."

조아생 뮈라는 말을 하다 말고 물끄러미 이신을 쳐다봤다.

이신은 눈살을 찌푸렸다.

"뭐지?"

"이봐, 설마 맨입으로 듣겠다고?"

"뭘 원하는 거냐?"

"내가 똘똘한 너한테 뭘 원하겠어? 내 다음 상대가 우드스톡의 에드워드야."

"흑태자?"

"어떤 방식으로 싸워야 좋을지 나름 연구 중이라서 말이지. 네가 조언을 좀 줬으면 좋겠어."

"그건 네가 얼마나 가치 있는 정보를 주는지를 보고 판단하지."

"뭐, 알겠어. 로베스피에르의 능력은 바로 용기야."

"용기?"

"악마군주 시메이에스와 계약할 때 대가로 받았던 것이 용기라더군. 어쩐지 샌님 주제에 겁대가리가 없는 양반이긴 했어."

"그래서?"

"악마로 각성하자 자신뿐만이 아니라 타인에게도 일시적으로 용기를 부여할 수 있는 방향으로 발전했고, 중급 악마가 되니까 아예 다수 병력을 광기로 미쳐 싸우게 만들더군. 그 양반은 그 능력을 이용해서 싸웠어."

"그렇군."

그것은 마치 스페이스 크래프트에서 보병·화염방사병이 각성제를 흡입하는 것과 같은 효과라는 생각이 들었다. 그것으로 초반에 취약한 휴먼의 병력을 강력하게 만드는 모양이었다.

이번에는 이신이 조아생 뮈라에게 대가를 지불할 차례였다.

언젠가는 적으로 마주칠지도 모르는 조아생 뮈라에게 전략적인 조언을 하는 것은 위험할 수 있었지만, 이신은 그다지 상관하지 않았다.

조아생 뮈라와 다시 붙는다 해도 얼마든지 이길 자신이 있었기 때문이었다.

"네 입장에서는 지상군 간의 대결이 되어야 유리하겠지."

"그야 당연한 소리고. 내게 기병대를 빼면 시체라고. 내가 살아생전에도 주제에도 안 맞게 포병부대를 이끌고 싸웠다가 쫄딱 망하는 바람에……."

"시끄러."

"네."

조아생 뮈라의 수다를 멈추게 한 이신이 말했다.

"그렇다면 흑태자의 엘프가 지상군 위주로 싸울 수밖에 없도록 상황을 만들어야 한다."

그렇게 이신은 조아생 뮈라에게 한 가지 전략을 제시해 주었다.

전략을 전부 듣고 난 조아생 뮈라는 뛸 듯이 기뻐했다.

"오, 고마워! 역시 넌 천재야! 보나파르트의 바로 아래 등급으로 쳐주지."

그렇게 대화를 마치고 그레모리의 궁전으로 돌아갔을 때였다.

궁전에서 일을 하던 시녀들이 이신에게 말했다.

"계약자님, 어서 그레모리 님께 가보세요."

"무슨 일입니까?"

"불청객이 찾아왔어요."

"세상에, 악마군주 시메이에스의 계약자가 불쑥 찾아왔어요!"

"로베스피에르가?"

이신이 놀라 물었다.

"네! 허락도 못 받았는데도 대뜸 찾아오다니, 정말 무례하지 않나요?"

"쫓아낼 건지 만나보실 건지 계약자님께서 판단하라고 하셨어요."

시녀들이 재잘재잘 떠들었다.

'정말로 겁이 없군.'

다른 악마군주의 궁전에 혼자서 불쑥 방문하다니, 상대가 온화한 그레모리라고 해도 겁을 상실한 짓거리였다.

"만나보지."

이신이 답했다.

"네, 그럼 응접실로 안내해 드릴게요. 이리로 오세요."

이신은 시녀의 안내를 받아 응접실에 이르렀다. 왜소한 체구의 젊은 백인 남성이 그를 응접실에서 조용히 기다리고 있었다.

날카로운 눈매를 띤 이 남자가 바로 그 유명한 막시밀리앙 로베스피에르였다.

"안녕하시오. 막시밀리앙 로베스피에르요."

로베스피에르가 자리에서 일어나 손을 내밀었다.

"이신입니다."

이신은 그 손을 맞잡고 악수를 했다.

두 사람의 눈빛이 마주쳤다.

"아직 수명이 다하지 않았다고 들었는데, 상당히 젊구려."

"그쪽도."

"하핫, 나야 마력으로 육체를 젊게 만들었을 뿐이오."

자리에 앉아 시녀들이 내온 차를 마셨다.

"요즘 그쪽 세계는 몇 년이오?"

"2020년입니다."

"휴우, 세월이 참 빠르군. 이곳 마계에서는 시간이 멈춘 것 같은데 말이오. 그래, 그쪽 세상은 어떻소?"

"무엇이 말입니까?"

"지금은 모두 자유롭게 살고 있소?"

"비교적 그렇습니다."

"이것저것 참 묻고 싶은 게 많소. 모두들 똑같이 투표권을 갖게 된 건지, 신분제가 철폐되었는지, 유죄 선고를 받은 자에 대한 재산 몰수가 폐지되었는지, 서자에 대한 처우가 개선되었는지……."

"말씀하신 것들은 모두 이루어졌습니다. 그렇지 않은 나라도 있지만 대체로 그렇습니다."

"잘됐구려."

로베스피에르는 진심으로 기뻐했다.

그러한 태도를 보니, 평가가 어떻든 간에 혁명의 이념에 대한 그의 순수성은 진심이었던 듯했다.

"다행이오. 자유는 소중한 것이오. 그것을 얻으려면 정말 많은 대가를 지불해야 하거든."

"그렇다고 들었습니다."

"그것은 바로 이곳에서도 마찬가지지요."

"……?"

"지옥에서 고통받는 사람들 말이오. 그 불쌍한 사람들에게는 대체 언제쯤 자유가 찾아온단 말이오?"

이신은 더더욱 모르겠다는 표정이 되었다.

지옥에서 형벌을 받는 사람들에 대한 처우 개선 문제에 대해서는 생각해 본 적이 없었다. 관심도 없고 말이다.

"나는 시메이에스에게 속아 계약자가 되어 마계에 온 나의 운명 역시 신께서 사명을 주셨기 때문이라고 생각하오."

"……"

종교가 없는 이신은 아무런 대꾸도 하지 않았다.

"내가 휴먼 종족을 고른 것 역시 그 같은 새로운 사명을 깨달았기 때문이라오. 그런데 마침 나와 마찬가지로 휴먼을 골라서 활약하는 계약자가 있다고 하니, 이 얼마나 반가운 일이오?"

"전 딱히 사명 같은 건 없습니다."

"그건 틀린 말이오. 신께서는 우리 모두에게 각기 소명(召命)을 주셨지. 아직 당신이 깨닫지 못했을 뿐이오."

이신의 얼굴이 점차 불편함으로 물들기 시작했다.

설마 마계까지 와서 전도(傳道)를 받게 될 줄은 몰랐다.

"난 당신도 나처럼 최대한 많은 죄인을 구제하는 일에 동참했으면 좋겠소."

그러자 돌연 이신의 눈이 번쩍 뜨였다.

뜬금없이 그 말을 들었을 때, 뜬금없이 로베스피에르를 이길 수 있다는 확신이 들었던 것이었다.

제10장

타이밍

지옥에서 형벌을 받는 사람들은 서열전에 소환되어 활약할 때마다, 공적만큼의 휴식이 주어진다. 그렇게 공적이 많이 누적되면 감형이 되기도 한다고 한다.

그러니 계약자의 사도로 임명되거나, 사도까지는 아니더라도 얼굴 도장을 찍어서 자주 소환되어 활약할 기회를 받는 것이 좋다.

로베스피에르가 지옥에 있는 사람들의 자유를 운운하며 말한 내용이었다.

"애석하게도 계약자들 가운데 휴먼 종족을 선택한 사람이 많지 않네. 그래서 나는 더욱더……."

그가 장황하게 늘어놓는 사상에 대해서는 조금도 관심이 없었다. 다만 이신은 그가 하는 말에서 아주 중요한 힌트를 찾아냈다.

"이제 됐습니다. 무슨 말씀을 하고 싶으신 건지 이해했습니다."

이신이 로베스피에르의 말을 끊었다.

"오, 이해해 준 것이오?"

"사실 딱히 동의하지는 않습니다."

"……."

무안해져서 입을 다문 로베스피에르에게 이신이 계속 말했다.

"이제 곧 싸워야 할 상대에게 어떤 사상적 공감을 구하고 싶으신 건지는 모르겠습니다만, 전 그저 다음 서열전에서 승리할 생각밖에 없습니다."

"이보시오! 당신은 지옥에서 고통받는 사람들이 불쌍하지도 않단 말이오?"

"예, 안 불쌍합니다."

"뭣……!"

"더는 할 말이 없습니다. 아무튼 전장에서 보죠."

"이익!"

로베스피에르는 씨근덕거리며 벌떡 일어났다.

"실망이군!"

"……."

로베스피에르는 그렇게 궁진을 떠나 버렸다.

'저자는 이런 곳에서까지 이상을 추구하는군.'

도무지 끝날 줄을 모르던 로베스피에르의 말을 들어주느라 피곤해진 이신은 궁전 뒤편에 있는 자신의 영지로 돌아가 휴식을 취했다.

다음 날부터 이신은 서열전에 대비한 모의전을 시작했다.

사도 질 드 레로 하여금 휴먼을 지휘하게 했다.

그동안 이신의 서열전을 보아온 질 드 레였기에 그럭저럭 판단력이 나쁘지 않았지만, 휴먼 대 휴먼은 한 번도 겪어보지 못했기 때문에 서투를 수밖에 없었다. 하지만 질 드 레의 실력 같은 건 상관없었다.

이신은 불쑥 떠오른 전략을 실험하는 데 몰두했다.

로베스피에르를 상대해 주다가 힌트를 얻어서 불쑥 생각난 전략이었다.

"어떤 전략을 짜고 계시는 겁니까?"

궁금해진 질 드 레가 물었다.

"용기."

"예?"

"로베스피에르의 능력은 병사들을 일시적으로 광전사처럼 강하고 사납게 만드는 것이라더군."

"아, 예……."

"그 능력을 어떻게 활용해야 휴먼이 가장 강력해질 수 있을까?"

"병력이 충분히 모여서 공격할 때 쓰는 편이 좋지 않겠습니까?"

"그건 상식이고."

"그럼……?"

"휴먼의 특성을 생각하면 돼."

매일 주디, 차이, 존을 가르치던 이신은 자연스럽게 질 드 레에게도 제자를 대하는 듯한 태도가 되었다.

질 드 레는 이신이 낸 문제에 고민을 하다가 답했다.

"그렇다면 역시 초반에 약하다는 약점을 능력으로 극복한 게 아니겠습니까?"

"맞아. 내가 치유 능력으로 극복하듯이."

게다가 승리를 향한 수많은 힌트가 숨겨져 있다.

일단 로베스피에르는 군인이 아니라 정치가였다는 점. 그리고 그가 품고 있는 장황한 이상.

그런 요소를 모두 종합해 본다면, 언제가 가장 승부를 내기 적합한 타이밍인지를 알 수 있는 것이었다.

이신은 끊임없이 연구했다. 계속 모의전을 시도해 보면서 타이밍을 쟀다.

*　　　*　　　*

"오랜만이군."

"그렇군. 다시 우리가 붙게 될 날이 올 줄은 몰랐다. 그것도 내가 도전자라니, 하하. 다시는 악마군주라 불리게 되지 못할 줄 알았는데, 그 짧은 사이에 정말 많이 성세를 회복했더군."

도전을 하기 위해 방문한 악마군주 시메이에스는 키득거리며 비웃었다.

그레모리는 눈살을 살짝 찌푸리고는 말했다.

"계속 말 섞고 있기가 불쾌하군. 어서 찾아온 용무나 꺼내시지?"

"흐흐, 그러지. 악마군주 그레모리, 마신의 율법에 따라 너에게 도전한다."

"좋다. 전장은 제7 전장 오린이다. 그리고 마력은……."

그레모리는 이신을 흘깃 바라보았다. 이신은 고개를 끄덕였다.

이윽고 그녀가 이어서 말을 끝맺었다.

"5만."

"뭐라고?"

악마군주 시메이에스는 물론이고, 함께 온 로베스피에르조차 깜짝 놀라고 말았다.

그런 로베스피에르의 시선을 받으면서도 이신은 눈 하나 깜짝 하지 않았다.

"두렵다면 도전을 철회해도 좋다."

이번에는 그레모리가 시메이에스를 향해 냉소를 지어보였다.

시메이에스는 이를 부드득 갈며 갈등에 빠져 버렸다.

5만은 배팅할 수 있는 최대 수치였다. 이만한 마력량을 잃으면 서열이 크게 추락해 버린다.

그런데 심지어 상대는 최근 승승장구하고 있는 그레모리.

정확히는 그레모리가 운 좋게 얻은 실력 좋은 계약자 이신이었다.

들리는 소문에 의하면, 실력자로 정평이 난 오자서나 조아생 뮈라 역시 이신과 겨루기를 꺼려하고 있다고 했다.

비록 하위권에 머물러 있으나 언제 다시 중위권까지 치고 올라가도 이상하지 않은 그 두 계약자가 꺼려할 정도로 강한 상대라는 뜻!

"잠시 제게 발언을 할 기회를 주십시오."

로베스피에르가 앞으로 한 걸음 나서서 입을 열었다.

모두의 시선이 그에게로 쏠렸다.

작고 왜소한 체격을 가진 로베스피에르였으나, 두 악마군주 사이에 끼었음에도 태도는 당당했다.

"악마군주 그레모리 님께 한 가지 제안이 있습니다."

그런데,

"거절."

그가 채 말을 꺼내보기도 전에, 이신이 불쑥 말했다.

모두들 깜짝 놀랐다.

로베스피에르는 기가 막혀서 화난 어조로 물었다.

"내가 무슨 말을 하려는지 알고서 그러는 것이오?"

"세 번 이상 겨뤄서 승부를 보자고 하고 싶은 거겠지."

이신의 말에 로베스피에르는 흠칫했다. 아주 정확한 지적이었기 때문이었다.

'어떻게 안 거지?'

마치 자신에 대해 전부 파악한 듯한 태도였다.

"제안을 받아들이지 못하시겠다면 도전은 없는 일로 하겠소."

"마음대로."

이신은 대수롭지 않게 여겼다.

두 사람의 계약자는 서로의 악마군주를 바라보았다.

그레모리가 어깨를 으쓱했다.

"내 계약자가 그리 말하면 나는 따를 것이다. 두렵다면 도전을 포기하고 떠나라, 시메이에스."

"누가 겁을 먹었다는 것이냐!"

쿠우웅!

시메이에스가 탄 거대한 흑마가 힘차게 투레질을 했다.

"도전한다! 그리고 우리가 이길 것이다!"

"그건 붙어봐야 알겠지. 그럼 전장에서 보자."

그레모리는 이신과 함께 먼저 텔레포트하여 전장으로 떠났다.

"이제 돌이킬 수가 없다."

시메이에스가 말했다.

로베스피에르는 고개를 끄덕였다.

"하는 수밖에 없었지. 이번에 도전을 하지 않으면 벨리알과 조아생 뮈라의 도전을 받아야 하는 입장에 처했을 테니까."

불과 어제의 일이었다.

조아생 뮈라가 흑태자 에드워드를 상대로 승리했다.

무려 5만이 배팅된 판이 큰 서열전에서 승리하는 바람에, 그의 악마군주 벨리알은 서열 64위로 껑충 뛰어올랐다.

63위가 바로 시메이에스와 로베스피에르.

로베스피에르는 조아생 뮈라를 매우 상대하기 꺼려했다. 상성상 맞지 않는 상대였다.

그래서 벨리알과 조아생 뮈라의 도전을 받지 않으려면, 지금 그레모리와 싸워 이겨서 위로 올라가는 수밖에 없었다.

그렇게 해서 양측의 서열전은 시작되었다.

[악마군주 그레모리 님과 악마군주 시메이에스 님의 서열전입니다. 전쟁의 승패가 서열과 마력에 영향을 줍니다. 마력은 10만이 배팅됩니다.]

[마력 10만이 마력석이 되어 전장에 유포됩니다.]

[종족을 선택해 주십시오.]

"휴먼."

"휴먼."

이신과 로베스피에르는 서로를 바라보았다.

로베스피에르는 아무런 감정의 동요도 없이 냉정을 유지하고 있는 이신을 보며 일말의 불안감을 느껴야 했다.

'마치 승리를 확신하는 듯한 태도인데……!'

[서열전이 시작됩니다.]

[악마군주 그레모리 님의 계약자 이신 님과 악마군주 시메이에스 님께서 참전합니다.]

* * *

서열전이 시작되자 노예들에게 일을 시키면서, 이신은 위치를 파악했다.

제7 전장 오린.

3시, 6시, 9시 세 군데에 시작 지점이 있는 전장으로, 세 지점의 거리도 매우 가까운 편이었다.

게다가 전체적으로 전장의 지형이 산악과 같은 형태를 띠고 있었다.

전장의 중앙부가 높이 솟아 있고, 가장자리로 갈수록 낮아지는 기이한 형태였다.

즉, 전장 중앙에서 3시, 6시, 9시 등 세 군데의 시작 지점까지는 내리막이었던 것이다.

이신의 진영의 위치는 6시.

'좋군.'

3시나 9시, 둘 중 한 곳에 로베스피에르의 진영이 위치해 있다.

6시는 둘 중 어디와도 거리가 가까웠다. 3시에서 9시보다도 더 가까웠다.

일단 서로의 진영이 서로 가까이에 위치할 것. 이것이 그가 제7 전장 오린을 선택한 이유였다.

"병영."

"옛!"

8번째 노예가 달려가 병영을 건설하기 시작했다. 그러면서 100마력이 모이자 다른 노예에게는 식량창고를 짓게 했다.

그런데 노예의 숫자가 10명에 이르렀을 때였다.

"병영."

"넷!"

똑같이 명하는 이신.

놀랍게도 시작부터 병영만 2개를 연이어 짓는 결정을 내린 것이었다.

이어서 대장간을 건설하면서, 2개의 병영에서 꾸준히 궁병을 소환하기 시작했다.

가장 처음 소환된 궁병은 바로 로빈 후드.

"정찰을 무조건 차단해라."

"옛!"

로빈 후드가 밖으로 달려 나갔다.

그때 마침 정찰을 떠났던 콜럼버스가 3시에서 로베스피에르의 진영을 발견했다.

"계약자님! 이놈들 궁병이 전혀 없는데요?"

조심스럽게 앞마당을 기웃거리던 콜럼버스.

아무런 제지도 없자 과감하게 본진 안으로까지 들어가 본

뒤에야 놀라 소리쳤다.

여태껏 수많은 정찰을 해봤지만 이 시간에 이만큼이나 무방비 상태인 경우는 처음 보는 콜럼버스였다.

앞마당에는 마력석 채집장이 건설 중인 상태. 그리고 본진에서도 궁병 하나 안 보이고 노예들만 바글거리며 마력석을 채집하고 있었다.

그야말로 마력 채집에 집중한 운영. 화살탑 같은 방어 시설은커녕, 궁병 하나 소환 안 한 무방비 상태였다.

앞마당의 마력석 채집장이 완공되어서 노예들이 붙으면, 마력 채집량은 더욱 많아질 터였다.

오로지 본진에서 마력을 쥐어짜 병력을 모으는 이신과는 크게 대비되고 있었다.

"특수병영도 보입니다! 놈들이 기사와 투석기 나타나기 전에 빨리 공격해야 하는 게 아닐까요?"

'시끄러. 첨언 넣지 마.'

"네! 죄, 죄송합니다."

찔끔한 콜럼버스가 입을 다물었다.

그간 수없이 정찰을 하고 이신의 전략을 봐오다 보니, 아는 게 많아져서 자기도 모르게 아는 체를 하기 시작한 콜럼버스였다.

'딱 예상했던 대로 움직이는군.'

이신은 미소를 지었다. 그는 상황이 이렇게 흘러가리라는 것을 예상하고 있었다.

로베스피에르의 말에 힌트가 있었다.

"난 당신도 나처럼 최대한 많은 죄인을 구제하는 일에 동참했으면 좋겠소."

이는 되도록 많은 병력을 소환할 수 있는 부유한 빌드 오더를 펼친다는 뜻이었다.

게다가 로베스피에르는 군인이 아닌 정치가였다. 군인은 전투 지휘에 능하지만, 나라를 통치했던 로베스피에르는 전체적인 조율과 운영에 보다 익숙할 터.

그런 모든 면으로 미루어보아, 이신은 로베스피에르가 반드시 장기전을 택하리라 보았다.

무방비 상태인 초반에 공격을 받으면, 노예들을 동원해서 맞서면 된다고 판단했을 터였다.

약한 노예들이라 해도 로베스피에르의 능력에 의해 광전사가 되면 강해질 테니 말이다.

때문에 너무 초반도 안 되고, 중반 이후로 넘어가 장기전이 되어도 안 된다.

그 중간의 타이밍.

그 시점에서 이신은 칼처럼 승부를 보려 하고 있었다.

콜럼버스로 하여금 정찰을 시키면서, 이신은 상대의 노예 숫자와 지은 건물 개수 등을 살폈다.

마계의 서열전에는 정형화된 빌드 오더와 전략이 없었다.

때문에 e스포츠 프로 경기처럼 한두 가지만 봐도 척하고 상대의 빌드 오더와 의도를 알 수 있는 정찰이 되지 않는다. 정형화된 패턴이 고착되지 않아서 각기 제멋대로였던 것이다.

그래서 이신은 아주 무식하고 힘든 방법을 택했다.

노예의 숫자와 건물 개수 등을 보고 직접 계산을 하는 방식이었다.

'지금쯤 특수병영에서 뭔가가 나오겠군. 기사가 나올지 공병이 나올지 봐야겠는데.'

기사가 소환된다면 발 빠른 기사단의 기동전이 될 것이다.

공병이 소환된다면 투석기와 함께 천천히 조여 가는 압박 전략이 될 것이다.

둘 중 어떤 것이 로베스피에르가 채택한 전략인지 알아야 한다.

상당한 심력을 쏟아 타이밍 계산을 해낸 이신. 수없이 반복한 모의전 경험이 바탕이 되었기에 가능한 일이었다.

로베스피에르도 더 이상은 정찰을 허용하고 싶지 않았던 모양이었다.

병영에서 소환된 궁병이 콜럼버스에게 화살을 쏘기 시작했다.

"으왓!"

콜럼버스는 기겁을 하면서도 미꾸라지처럼 지그재그로 움직여 피했다.

정찰도 하도 다녀보니 피해 다니는 데는 도가 튼 콜럼버스였다.

'조금만 더 버텨. 죽어서는 안 된다.'

"옛!"

콜럼버스는 궁병의 화살 세례를 요리조리 피하며 얄밉게도 도망쳤다.

파앗!

마침내 특수병영에서 무언가가 소환되었다.

소환된 것은 바로…….

"공병입니다, 계약자님!"

귀중한 사실을 알아낸 콜럼버스가 신이 나서 소리쳤다.

이신은 고개를 끄덕였다.

'당장 빠져나와. 죽어서는 안 돼. 살아서 돌아와.'

"옛!"

콜럼버스는 그야말로 꽁지가 빠져라 탈출했다.

콰악!

"크억……!!"

복부에 화살이 박혀들자 콜럼버스의 입에서 비명이 터져 나왔다.

콜럼버스는 죽으면 안 된다.

빙의를 가진 유일한 사도였다. 콜럼버스가 없으면 빙의를 해서 치유 능력을 펼칠 수가 없는 것이었다.

'일단 화살 뽑아.'

이신은 당황하지 않고 침착하게 명령을 내렸다.

"예… 이깟……!"

콜럼버스는 악으로 고통을 견디며 화살을 뽑았다.

피가 콸콸 쏟아졌다.

그 순간,

'빙의.'

이신은 심호흡을 하고 콜럼버스에게 부여했던 능력 빙의를 펼쳤다.

[사도 콜럼버스의 능력 빙의를 사용합니다.]

[계약자 이신 님께서 사도 콜럼버스의 육체에 빙의됩니다.]

이신의 정신이 콜럼버스의 육체에 깃들었다.

"크헉!"

화살에 꿰뚫렸던 복부로부터 끔찍한 고통이 뒤따랐다.

하지만 이신은 정신을 바짝 차리고 치유 능력을 펼쳤다.

[계약자 이신 님께서 고유 능력을 사용합니다. 1초에 2마력씩 소모됩니다.]

파아앗―

치유의 힘이 펼쳐져 복부의 중상이 순식간에 아물었다.

'빙의 해제.'

[사도 콜럼버스의 육체에 빙의된 상태를 해제합니다.]

'이제 됐으니까 도망쳐.'

"옙!"

부상이 회복된 콜럼버스는 무사히 로베스피에르의 진영에서 탈출하는 데 성공했다.

'공병이 지금 막 소환됐다.'

이신의 두뇌가 다시 맹렬하게 회전하기 시작했다.

'공병이 투석기 1기를 제작하기까지 드는 시간은 45초.'

투석기가 조립된 상태로 완성된다. 이동시키기 위해 그걸 분해시키는 데 5초. 다시 조립하는 데 걸리는 시간도 5초.

이신은 대장간에서 무기 개발이 진행되는 상태를 살펴보았다. 곧 있으면 완성될 것 같았다.

'좋아.'

이신은 이 느낌이 좋았다. 타이밍이 딱딱 맞아떨어지는 느낌. 이럴 때 게임이 잘되고 있다는 느낌과 승리에 대한 확신이 든다.

'총공격.'

이신은 지금껏 열심히 모았던 궁병·창병·방패병 무리에게 명령을 내렸다.

"가자! 나를 따라라!"

창병으로 소환된 사도 이존효가 앞장서서 우렁차게 소리쳤다.

"공격이다!"

"계약자님의 명령을 따라라!"

"기필코 공을 세우겠어!"

"제길, 나도 살아생전에는 꽤나 날리던 몸이었다고."

이신의 병력이 전속력으로 3시 지역을 향해 달렸다.

헐레벌떡 돌격하면서도 그들은 이신의 명령에 의하여 진열을 똑바로 정돈된 상태를 유지하고 있었다.

산처럼 이루어져 있는 제7 전장 오린의 꼭대기, 중앙 지점을 통과했다.

이제부터는 내리막이었다.

콜럼버스도 그들의 대열에 합류하여서 함께 달렸다.

앞마당은 화살탑이 하나 세워져 있었고, 그 안에 궁병 4명이 들어가 있었다.

정찰을 당했기 때문에 로베스피에르도 공격받을 것에 대비해 어느 정도 방어를 구축해 둔 것이었다.

때마침,

파아앗!

"오오오!"

"무기가 바뀌었다!"

대장간의 무기 개발이 완료되었다.

궁병은 석궁병이, 창병은 장창병이, 방패병의 방패는 전신을 다 가리는 사각방패가 되었다.

'이존효, 광기를 사용해라!'

"충(忠)!"

우렁차게 대답한 이존효가 이윽고 자신의 성명병기 혼천절을 치켜들고 포효했다.

"크아아아아아—!!!"

쩌렁쩌렁한 고함이 울려 퍼졌다.

[사도 이존효의 능력 광기를 사용합니다.]

[주변 아군이 광기에 휩싸여 공격력이 크게 강화되었습니다.]

[부작용으로 주변 아군의 체력이 손상되었습니다.]

"크아아!"

"가자!"

"죽여 버려!"

광기의 영향일까? 아군 병사들이 한층 더 사나워진 기세로 공격을 개시했다.

가장 먼저, 화살탑부터 집중 공격하기 시작했다.

파앗!

이신은 콜럼버스에게 다시 빙의해 가장 먼저 이존효의 손상된 체력부터 회복시켰다.

그러고는 날카로운 눈썰미로 화살탑의 적 궁병의 타깃이 된 병사들을 집중적으로 치유했다.

파앗! 파앗! 팟!

사용할 때마다 마력이 소모되었지만, 다행히 감당 못 할 수준은 아니었다.

1초에 2마력씩.

본진에서 노예들이 채집하는 마력량으로 충분히 커버하고도 남았다. 그런데 그때였다.

"가자! 자유를 위하여—!!"

"으아아아—!!"

"우리에게 자유를!"

앞마당에서 일하던 노예들이 별안간 광기에 들려서 일제히 뛰쳐나와 덤벼들었다.

'방패병 앞으로!'

이신도 급히 명령했다.

방패병들이 앞으로 서시서 블로킹을 한 덕에 상대측의 노예와 뒤섞여 난잡한 싸움이 되는 것을 막았다.

'목적은 돌파가 아니다. 무리하게 파고 들어가지 마.'

'노예들을 집중 공격. 최대한 많은 노예를 죽여라.'

'10초 남았다.'

이신은 정신없이 치유를 하는 와중에도 명령을 연속으로 내렸다.

노예들이 계속 죽어나갔다.

아직 본진에도 마력을 채집하는 노예들은 있었지만, 앞마당에서 일하던 노예는 거의 몰살을 면치 못했다.

로베스피에르로서는 앞마당에 마력석 채집장을 가져간 이득을 송두리째 잃은 피해였다.

하지만 로베스피에르도 침착하게 대응했다.

앞마당을 과감하게 포기.

대신 식량창고와 화살탑을 지어 본진으로 들어가는 출입구를 틀어막아 버린 것이다. 그리고 이신이 계산했던 10초가 지났다.

'후퇴.'

이신은 칼같이 명령을 내렸다.

"후퇴하라!"

이존효가 다시 한 번 우렁차게 소리쳤다.

이신의 병력이 썰물처럼 뒤로 빠져나갔다. 그리고 아슬아슬

한 타이밍에,

슈우웅— 쿠우웅!!

커다란 바위가 포물선을 그리며 날아와 조금 전까지만 해도 병력이 밀집된 곳에 떨어졌다.

"투석기다!"

"적이 투석기를 완성했어!"

"그래서 다 이겼는데 후퇴하라고 하셨구나."

"그럼 아까 그 10초가 투석기가 완성되는 시간이었단 말이야?"

"맙소사."

병사들은 아슬아슬하게 시작된 적 투석기의 공격에 가슴을 쓸어내리면서도, 초 단위의 계산을 완벽하게 한 이신의 소름 끼치는 능력에 경탄했다.

그들의 눈에는 흡사 예언가처럼 보이는 것이었다.

이신의 병력은 아슬아슬하게 투석기가 닿지 않는 거리에서 진을 치고 대기했다. 학익진을 펼쳐 놓은 채, 적이 나온 순간 반포위한 채 공격하는 진형이었다.

본진에 있는 투석기를 앞마당으로 꺼내 와서 공격을 해도 되지만, 그 점도 이신은 다 계산이 되어 있었다.

투석기를 이동시키려면 분해해야 한다.

그걸 다시 조립하는 데 드는 시간은 5초. 그 5초 안에 이신이 돌격을 다시 감행하면 조립되기 전에 파괴할 수 있다.

아마 로베스피에르도 이걸 알기에 본진에 갇힌 채 나오지 못하고 있을 터였다.

그렇다면,

'기사로 돌파하려 들겠군.'

지형상 이신의 병력이 높은 고지에 있었다.

기사의 돌격력은 오르막에서 약해지므로 이 또한 이신이 유리한 싸움이었다.

그 점 또한 로베스피에르가 감안한다면 남은 선택지는 하나.

'열기구 드롭.'

계산이 끝났다.

이신은 일부 석궁병으로 하여금 우회시켜 배치했다.

'열기구가 나타나면 즉각 격추시켜라.'

석궁병들이 옆으로 돌아갔다.

아니나 다를까.

"나타났다!"

"쏴!"

열기구가 나타나자 석궁병들이 일제히 볼트를 쐈다.

쉬쉬쉭—

열기구는 4기나 되는 기사를 태우고 있었는데, 석궁병들이 쏜 볼트에 맞고 휘청거렸다.

"격추시켜!"

"내 몫이야!"

"내가 맞출 거야!"

석궁병들은 서로 공적을 다투며 석궁을 조준, 발사했다.

파파팍!

"으악!"

"안 돼!"

열기구가 추락했다. 그 안에 타고 있던 기사 4기도 덩달아 싸워보지도 못하고 허망하게 추락사하고 말았다.

완전히 로베스피에르를 밀봉시킨 이신. 본진으로부터 추가 소환된 병력이 속속들이 합류하고 있었다.

"마무리."

이신이 나직이 내뱉었다.

이존효가 앞장서서 공격을 했다.

"다 덤벼라!"

마지막 전투였다.

본진에서 투석기가 바위를 날리며 공격했지만, 이미 병력이 넘치는 이신은 아랑곳하지 않고 돌격을 시켰다.

출입구를 틀어막던 건물들을 부숴 버리고 안으로 진입.

살아서 본진 진입에 성공한 이존효가 혼천절을 휘두르며 맹활약을 했다.

"싸워라!"

"져서는 안 돼!"

"우리의 자유를 위하여!"

또다시 로베스피에르의 능력이 발휘된 모양이었다.

궁병과 창병, 그리고 노예들이 일제히 달려들었다. 하지만 무기 개발도 안 된 로베스피에르의 궁병·창병은 이신이 보유한 강력한 석궁병·장창병의 상대가 아니었다.

파파팟! 콰지직!

"크하하하!"

이존효의 혼천절이 춤을 추었다. 그는 유감없이 당대 천하제일의 맹장이라 불렸던 용맹을 과시했다.

결국…….

[악마군주 시메이에스 님의 계약자 막시밀리앙 로베스피에르 님께서 패배를 선언하셨습니다. 악마군주 그레모리 님의 승리입니다.]

[악마군주 그레모리 님께서 마력 5만을 획득하셨습니다.]

[마력 총량 27만 5천으로 악마군주 그레모리 님께서 서열 62위를 지키셨습니다.]

[마력 총량 15만 8천으로 악마군주 시메이에스 님께서 68위가 되셨습니다.]

"이 멍청한!!"

악마군주 시메이에스가 고함을 질렀다.

또다시 엄청난 배팅을 한 서열전에서 패배해 서열이 추락해 버렸으니, 노하지 않을 수 없으리라.

로베스피에르는 낭패한 기색으로 이신을 바라보았다.

"어떻게 한 것이오?"

그가 물었다.

"무엇을?"

이신이 되묻자, 로베스피에르가 소리쳐 물었다.

"무슨 수로 내가 무엇을 할지 전부 알아차린 것이오? 당신은 예언 같은 능력이라도 따로 있단 말이오?"

로베스피에르로서는 기가 막혔으리라.

이신이 전략부터 초단위의 시간까지 정교하게 계산해서, 로베스피에르로 하여금 아무것도 못 해보고 무릎 꿇게 만들었으니 말이다.

"왜 그렇게 자기 주관을 남에게 권하려 애쓰는지 모르겠지만, 덕분에 무슨 생각을 하는지 알기 쉬웠습니다."

이신의 말에 로베스피에르는 한 방 얻어맞은 표정이 되었다.

그렇게 서열전은 이신과 그레모리의 승리로 막을 내렸다.

시메이에스는 자기 마력 총량의 1%인 1,580마력을 이신에게 넘긴 뒤, 로베스피에르와 함께 쓸쓸히 사라졌다.

『마왕의 게임』 7권에 계속…

니콜로 장편소설

FUSION FANTASTIC STORY

마왕의 게임

도서출판 청어람